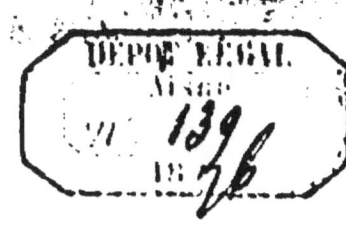

LES TERREURS

DE

LADY SUZANNE

Saint-Quentin. — Imprimerie JULES MOUREAU.

LES TERREURS

DE

LADY SUZANNE

PAR

CLAIRE DE CHANDENEUX

—

DEUXIÈME ÉDITION

PARIS

TH. OLMER, LIBRAIRE-ÉDITEUR

53, RUE BONAPARTE, 53

—

1876

LES TERREURS

DE

LADY SUZANNE

I

Vieille fille. Vieux souvenirs

Une voiture de voyage, confortable quoique démodée, avançait au trot allongé de ses deux vigoureux chevaux sur la grande route toute plate, uniforme et verte, qui conduit de Dijon à Saint-Onésime.

C'était en juillet 1866, la journée avait été lourde et le vent du soir, qui s'élevait à peine,

apportait dans la calèche plus de poussière que
de fraîcheur. La voyageuse qui l'occupait paraissait, du reste, se préoccuper assez peu de ce
désagrément; sa main distraite secouait parfois
négligemment les atomes menus qui s'atta-
chaient à sa robe noire, et sa tête penchée à la
portière inspectait curieusement l'horizon mono-
tone.

Cette tête, encadrée de cheveux gris, animée
par de grands yeux très-brillants, offrait un
remarquable assemblage de noblesse et d'intelligence. C'était celle d'une femme de cinquante-
cinq à soixante ans environ, maigre, droite et
serrée dans sa robe austère.

On arrivait à une montée. Le cocher — un
vieux serviteur sans doute, à en juger par le
bon regard que lui accorda la voyageuse lorsqu'il descendit de son siége — avait mis ses
chevaux au pas et regardait la campagne d'un
air maussade.

— Sommes-nous encore bien loin de Saint-
Onésime, Pierre? demanda la vieille dame.

— Je ne puis rien affirmer à Mademoiselle, ne connaissant pas le pays, répondit le cocher; mais, d'après le renseignement que m'a donné le charretier qui s'en va là-bas, nous n'en sommes plus qu'à une demi-heure.

— Ah! tant mieux!... ce voyage est bien fatigant.

— Depuis que Mademoiselle voyage, jamais déplacement ne m'a paru moins agréable.

— Le repos est au bout.

— Oui, mais dans un pays inconnu, Mademoiselle.

— Bah! le lieu qu'habitent mon beau-frère et ma nièce ne nous sera pas longtemps étranger.

— Pour Mademoiselle, certainement; mais je ferai observer à Mademoiselle que n'ayant pas encore eu l'honneur de voir M. le notaire Champlin, ni Mlle Jenny sa fille, ni leurs gens, il n'y a que mon dévouement seul à Mademoiselle qui puisse me consoler d'avoir quitté Paris.....

— Pour Saint-Onésime, c'est juste, interrompit la voyageuse d'un ton d'indulgence. Eh
bien! mon brave Pierre, tu verras que ce séjour
te plaira beaucoup; vois quelle jolie plaine.....
comme c'est riant et vert.

— Je ne dis pas... pour riant, certainement
c'est riant!... mais on doit s'en fatiguer à la
longue, tandis qu'il est bien impossible de se
fatiguer des Champs-Elysées.

— Parisien, va! je te prie de ne pas affliger
de tes comparaisons déplaisantes les serviteurs
de mon beau-frère qui ne savent rien de plus
beau que leur Bourgogne.

— Mademoiselle peut être tranquille, je ne
prononcerai aucune parole indiscrète, ni sur
mes regrets, ni sur le temps de notre séjour.

— Ce qui sera d'autant plus sage que la durée
de ce séjour m'est encore totalement inconnue
et dépendra du prompt accomplissement du devoir qui m'amène.

La vieille fille prononça le mot *devoir* avec
un long regard vers le ciel et un léger sou-

pir. Nous devons enregistrer, à ce propos, que
l'attendrissement intérieur nuisait à sa physionomie, dont la résolution était le caractère domi-
nant.

— Et ce devoir — que Mademoiselle me pardonne, je suis si dévoué à Mademoiselle! —
sera-t-il bien long à mener à bonne fin?

— Non pas, non pas, j'ai grand espoir de
m'en tirer en quelques mois, peut-être moins
encore, et tu retrouveras ton Paris.

— Ah! Mademoiselle, quelle joie de retourner dans notre petit hôtel du boulevard des
Invalides si bien aménagé pour les écuries!... et
de sortir encore, à l'heure du Bois, avec un
équipage sérieux, luisant et si bien tenu que
tout le quartier disait en le voyant passer :
« M¹¹ᵉ Danielle de Laurage a de beaux chevaux
et un fier cocher. » Mademoiselle m'excusera
de le répéter : je l'ai entendu plus de cent
fois.

M¹¹ᵉ Danielle de Laurage haussa doucement
les épaules en souriant de la naïve vanité du

vieux domestique, qui .était son contemporain dans la vie et le serviteur de sa famille depuis un demi-siècle.

Pierre, satisfait d'entrevoir qu'il n'en avait que pour quelques mois d'exil, remonta sur son siége, fit entendre un petit bruissement des lèvres et ses intelligentes bêtes s'élancèrent au grand trot dans la direction d'un village, dont les premières maisons blanches et rouges étincelaient sous un dernier rayon de soleil.

Saint-Onésime, coquettement situé dans une des fertiles plaines de la Côte-d'Or, mire son clocher dans un ruisseau clair que l'on appelle modestement *la Rivierrette,* par opposition à la vraie rivière, la Saône, qui coule à quelques kilomètres de là, rapide et jaunâtre, sous les murs d'Auxonne.

C'est un gros bourg, fier de sa situation, de sa richesse, de sa bonne renommée, de son église, qui est un monument du treizième siècle, de son école primaire, qui est le modèle de l'arrondissement, de son maire, ancien émigré plein de dignité et d'importance, de son médecin, qui est un savant, et de son notaire, qui est à la fois le premier propriétaire du pays et le père d'une charmante fille.

Tant de prospérités, tant d'illustrations, causent un légitime orgueil aux habitants de Saint-Onésime que l'on prétend reconnaître, dans les villes voisines, à leurs larges figures épanouies de satisfaction.

Le notaire, M⁰ Champlin, habite à l'entrée du village une belle maison assez seigneuriale qui a nom : *Bellevue*. Connaissez-vous une seule localité, en France, qui ne possède son Bellevue? Deux tours modernes flanquent inégalement les anciennes constructions, qui s'élèvent en bordure d'un parc en miniature, moins étendu que celui de M. le maire, moins ombreux que celui du château de Chenocé qui lui fait face, mais bien plus travaillé. On y trouve des pavillons chinois, un labyrinthe et deux petits ponts jetés sur une dérivation de *la Rivierrette*.

Tout cela est d'un entretien difficile et d'un

goût douteux. C'est ce que M. Champlin appelle
faire des œuvres d'art dans son parc. Quant à
Mlle Jenny, sa fille unique, elle n'a jamais songé
qu'il pût y avoir quelque chose de plus agréable à voir que ce coin fleuri et tourmenté.

Une belle grille à lances dorées s'ouvre devant la maison, tout enguirlandée de jasmin de
Virginie aux grandes fleurs rouges.

C'est devant cette grille que le notaire allait
et venait, au déclin de cette chaude journée si
fatigante pour la voyageuse, les mains dans les
larges poches de son pantalon de coutil, s'arrê-
tant parfois pour répondre, d'un air digne, au
salut d'un passant ; il cherchait obstinément à
l'horizon un objet qui n'y paraissait point encore.

Dans la maison, Jenny Champlin, souriante
et affairée, voletait comme un oiseau, de la chambre qu'elle faisait préparer au premier étage, à
la salle à manger où l'on dressait le couvert.

Satisfaite de son œuvre, elle arrangea les plis
de sa robe de piqué, planta sur son front un

microscopique chapeau de paille et courut rejoindre son père. C'était une attrayante et douce
physionomie, un petit corps svelte, et un excellent cœur, que cette mignonne Jenny.

— Cher père ! dit-elle, la tante Danielle sera,
je l'espère, contente de notre accueil ; quand
vous avez reçu Monseigneur l'évêque, nous
n'avons rien fait de plus.

— Je ne saurais trop bien recevoir la sœur de
la pauvre mère, une fille noble, d'un grand esprit, l'honneur de la famille ! prononça le notaire
avec une emphase qui révélait plus d'admiration
que de tendresse.

Jenny roula ses jolies mains en lunette d'approche et ses yeux de dix-sept ans distinguèrent
bientôt un nuage de poussière sur la grande
route.

— Voilà la tante Danielle ! fit-elle en laissant
tomber ses bras, tandis qu'un petit frisson plis-
sait le front du notaire.

On l'attendait fiévreusement cette tante Danielle ; ne la redoutait-on pas quelque peu aussi ?

1.

La calèche de voyage se rapprochait avec rapidité. Sur un mot de la voyageuse, elle stoppa brusquement devant la grille. M. Champlin s'élança, mais avant qu'il eût atteint la portière, Mlle de Laurage, joyeuse et rajeunie, avait franchi lestement le marchepied en s'écriant :

— Bonjour, mon frère, bonjour, ma jolie nièce; vous voulez donc offrir l'hospitalité à une vieille femme quinteuse, grincheuse, rabâcheuse comme moi?

Elle les embrassa sur les deux joues, n'écouta pas leur réponse, chargea Pierre de veiller à ses bagages et marcha vers la maison d'un air dégagé, toujours causant et souriant. Jenny la considérait avec curiosité, se souvenant de l'avoir seulement entrevue de loin, à travers les grilles serrées de son couvent.

Et ses yeux s'ouvraient tout grands, car, pour Jenny, la tante Danielle était un être supérieur, destiné aux grandes épreuves de la vie, dont toutes les croyances étaient articles de foi et les moindres paroles des oracles.

On avait élevé la jeune fille dans ce respect
aveugle pour une tante presque inconnue, mais
très-vénérée, qu'elle n'était pas loin de croire
inaccessible aux misérables nécessités de l'existence.

Ce lui fut donc une agréable surprise que de
la voir, assise à la table de famille, faire honneur au repas du soir avec un appétit de voyageuse.

La tante Danielle tenait donc, au moins par ce
côté, à la vulgaire humanité, car pour tout le
reste !..... Jenny savait par cœur l'histoire intime de la romanesque vieille fille.

Confinée dans sa jeunesse, au fond d'une pro-
vince arriérée et dans la solitude d'une gentil-
hommière en ruines, elle avait cru arrêter au vol
ce mirage qu'on appelle le bonheur, en rencon-
trant sur sa route un jeune officier de l'Empire,
sans naissance, sans fortune, mais d'une nature
éminemment sympathique à sa nature.

Ce fut une belle passion honnête, idéale, et
malheureuse. On n'avait pas le temps de se

marier entre deux campagnes et, d'ailleurs, la douairière de Laurage n'admettait pas de mésalliance dans sa maison.

Le capitaine Rousseau, toujours repoussé, toujours fidèle, toujours guerroyant, suivit partout l'Empereur, ne manqua à aucune victoire ni à aucun revers et revint enfin général, avec le titre de baron et treize blessures.

Danielle crut toucher à la réalisation de son rêve. Les treize blessures ne la faisaient pas reculer, tout au contraire, et sa mère ne pouvait guère plus opposer de refus au général baron Rousseau.

On était en pleine Restauration, cependant, avant que la douairière eût donné son consentement définitif; alors éclata un complot napoléonien. Le baron y fut compromis. Jugé, condamné, il fut enfermé dans une prison d'Etat. Danielle se fit, par correspondance, l'ange consolateur du prisonnier.

Lorsque, plusieurs années après, une amnistie lui rendit la liberté, Mⁱⁱᵉ de Laurage venait de perdre sa mère. Elle offrit généreusement au général sans fortune et sans solde la moitié de son aisance.

Hélas! elle retrouva cet être affectionné avec tant de constance, blanchi, voûté par une longue réclusion, goutteux, morose, dans une sorte de marasme qui touchait à l'hébètement. A peine la reconnut-il, tandis qu'elle sanglotait en lui tendant la main.

De son rêve de bonheur, il ne restait qu'un fantôme débile et mourant! L'énergique fille, courageuse sinon résignée, supporta vaillamment ce dernier coup, se donnant la rude tâche de relever un moral affaissé en prolongeant une vie irrémédiablement atteinte.

Le malade était injuste, difficile, égoïste; un soir, il s'éteignit en reprochant à Danielle de ne pas l'avoir épousé à sa sortie de prison. Elle ne vit dans ce reproche qu'un suprême regret, une dernière preuve d'attachement et pleura le mort comme elle avait déjà pleuré le vivant.

Ce deuil modifia son activité extérieure sans

rien changer au romanesque de ses sentiments,
sans ébranler sa foi ardente dans l'entente des
cœurs, l'union des âmes, les sympathies secrètes
et autres utopies, folles quand elles ne sont pas
dangereuses, que notre siècle positif n'admet
plus.

Ses malheurs l'avaient rendue tout attendrie
sur son propre sort et toute disposée à améliorer
celui des autres. Elle allait de par le monde, en
quête de tristesses à consoler et de joies à répandre. Ce qu'elle maria d'orphelines sans dot
et de braves travailleurs timides est prodigieux!
ce qu'elle appareilla de cœurs qui n'y songeaient
guère passe l'imagination! Elle désunit bien aussi
quelques ménages par une immixtion imprudente
dans leurs démêlés, et s'attira la malédiction de
certains fiancés qu'elle jugeait mal faits l'un pour
l'autre.

A cette besogne, elle prit l'habitude de se
considérer comme une délégation vivante de la
Providence, sans jamais reculer devant les obli-
gations que créait un pareil titre.

Elle avait marié sa jeune sœur au notaire
Champlin, et s'était solennellement juré, lorsque
la pauvre femme mourut en mettant au monde
la petite Jenny, que ce serait à elle, et à elle seule,
que cette enfant devrait son bonheur, c'est-à-dire
la liberté de ses sentiments.

Pendant les années que Jenny passa au couvent, Mlle de Laurage, ou plutôt la tante Danielle,
comme on la désignait à Saint-Onésime, avait
jugé que le bonheur de sa nièce consistait à faire
son éducation sous l'œil des indulgentes reli-
gieuses, tout en croquant les friandises de sa
bonne tante. Mais lorsqu'elle eut dix-sept ans et
rentra sous le toit paternel, la vieille fille opina
qu'il était grand temps d'aller tenir sa promesse.

II

Les théories de la tante Danielle

Peut-être n'y avait-il pas un grand jugement dans toutes les résolutions de la tante Danielle, mais, du moins, y avait-il une étonnante volonté de faire à sa guise le bonheur des autres.

Elle arrivait donc chez le notaire pour y passer quelques mois, ce qu'elle n'avait pas daigné faire encore. Celui-ci, qui avait appris à la respecter beaucoup et à la redouter un peu, regardait cette installation momentanée comme un grand honneur et une petite calamité.

— Elle va tout gâter! pensait-il; nous nous entendions si bien Jenny et moi!... mais comment dire : « Ne venez pas » à une femme comme la tante Danielle?

Cependant, le premier appétit satisfait, la tante Danielle, renversée sur son siége, se laissait aller à causer mélancoliquement des absents et du passé. On parla de Mme Champlin, morte si jeune, et du baron Rousseau, mort si tristement.

— Ah! soupira la vieille fille, il a plu à Dieu de faire de ma vie un Calvaire, ce qui ne me donne qu'un plus vif désir de faire un paradis de celle de mes amis. Tu entends cela, petite Jenny, mais peut-être ne comprends-tu pas?

— Jenny n'est plus une enfant, ma sœur, et avec votre agrément nous allons la marier bientôt, hasarda le notaire non sans anxiété.

— Ah bah!... la marier! répéta la tante Danielle en laissant sa mobile physionomie exprimer sa surprise et sa contrariété.

— Nous n'attendions que votre arrivée pour vous faire connaître nos projets et... et fixer le jour de la cérémonie.

Un flot de sang monta au front mat de Mlle de Laurage. Eh quoi! avoir marié tant d'étrangères pour aboutir à cette chute : sa nièce se mariant sans sa participation !...

— Qui épouse-t-elle? demanda-t-elle, les dents serrées par une contraction involontaire.

— Émile Dollins, un camarade d'enfance, le fils de notre plus proche voisin.

— L'aime-t-elle?

— Je le pense. Émile est un excellent garçon qui...

— L'aime-t-elle?

— Mais oui : ils ont été élevés ensemble.

— Ce n'est pas une raison, si la sympathie leur fait défaut.

— Je vous assure qu'à la campagne on n'a pas ces subtilités.

— Voilà un projet bien prompt. Ce n'est point ainsi qu'une affection sérieuse peut se cimenter par les épreuves.

— Il y a plusieurs années que M. Dollins père et moi sommes absolument d'accord à cet égard.

— Le père et vous !... Enfin, j'arrive.

Le notaire étouffa un soupir.

— Çà, voyons, reprit-elle en se levant, ne faisons pas de sentiment ce soir, je suis fatiguée, je
vais dormir.

Jenny, qui s'était éclipsée pendant cette courte
explication, servit de guide à sa tante, l'installa
dans son appartement, l'embrassa et la laissa
seule. De bons meubles, plus solides que recher-
chés, donnaient à cet appartement un cachet intime et confortable. Les portraits de Jenny au
berceau et de la douairière de Laurage en faisaient l'ornement avec leurs grands cadres dorés.

Enfoncée dans ses oreillers, la tante Danielle
s'avoua avec une certaine satisfaction que la position n'était pas complétement perdue, et qu'elle
arrivait encore assez à temps pour déloger un
prétendant intempestif, introduire quelque nouveau candidat et faire le bonheur de sa nièce.

Son œil demi-clos, tout plein de cette espérance, papillota quelques instants, des portraits
au baldaquin, et se ferma tout à fait.

Le lendemain, assez tard dans la matinée, la
tante Danielle hasarda sa tête grise entre les

persiennes, vit un beau soleil rire dans les fleurs et descendit en appelant Jenny qui se hâta d'accourir.

Il semblait qu'entre cette tante et cette nièce, qui s'aimaient sincèrement sans se beaucoup connaître, il y eût bien des questions à aborder, bien des souvenirs à préciser, bien des tendresses à faire naître. Jenny y était toute disposée, on le devinait à son joli visage où la candeur enfantine brillait doucement.

La tante Danielle avait bien d'autres soucis, vraiment! Que lui importaient les goûts, les habitudes, l'éducation de cette enfant? il s'agissait d'introduire la poésie, le sentiment, l'idéal dans son existence. C'était là, aux yeux de l'imprudente vieille fille, le point essentiel, le seul but à poursuivre. Pour cela, il fallait savoir.

— Ainsi, l'on te marie sans me prévenir? fit-elle, en entraînant Jenny dans une allée couverte.

— J'allais vous écrire, ma tante.

— Tardivement, avoue-le; tu n'osais probablement pas m'avouer que ton père exerce sur ta décision une contrainte coupable.

— Mon père? mais pas du tout. Il m'a demandé, un matin, si je voulais accepter Emile Dollins pour mari. Je n'y avais jamais pensé. Cependant, comme je le connaissais depuis... depuis toujours, cela me parut assez naturel. Je ne fis pas la petite fille, je pris toute une grande journée pour réfléchir, et, le soir...

— Oui, le soir? répéta Mlle de Laurage avec anxiété.

— Le soir, Emile est venu à son heure habituelle; il avait vu mon père et me donna la main avec plus d'affection que d'habitude.

— Enfin que fit-il?.. que dit-il?

— Il me dit d'un air très-joyeux : « Vous êtes bien gentille, ma chère petite Jenny, et je vous remercie de tout le bonheur que vous nous promettez, à mon père et à moi. » Son père alors me demanda, en riant, s'il me plairait de danser le jour de ma noce, ce que j'acceptai sans difficulté, n'ayant pas dansé depuis notre dernière Sainte-

Catherine, au couvent; et, depuis ce moment, c'est une affaire arrangée.

La tante Danielle avait laissé tomber ses bras avec découragement. Ce manque absolu d'émotions, cette placidité de la jeune fille, ce calme bonheur du fiancé qui emploie, pour la remercier du don de sa main, les termes dont il userait pour le don d'un oiseau ou d'une paire de pantoufles, toute cette prosaïque mise en scène la suffoquaient.

Il y avait donc des êtres assez mal doués pour trouver suffisants des sentiments semblables!.. et c'était elle, elle qui portait si haut le culte de la poésie intime, qui allait assister à cette union terre à terre!

Il lui vint un accès de colère à cette perspective, car le mal lui parut plus grand qu'elle ne le soupçonnait la veille.

— Fais-moi son portrait, dit-elle brusquement.

Jenny parut toute interdite. Elle connaissait Emile depuis si longtemps qu'elle n'avait peut-être jamais songé à se rendre compte de son physique.

— Je crois, dit-elle enfin, que c'est un assez joli jeune homme, à ce que l'on m'a dit; il est très-bon, très-doux, quoique fort comme un hercule, et tout le monde l'aime à Saint-Onésime.

— Et son esprit?

— Son esprit?... ah! dame, je ne peux pas savoir, moi. Je préfère sa conversation à celle de monsieur le maire, et même à celle de mon père qui parlent toujours administration, vacation, ou purge d'hypothèques légale.

— Mais encore de quoi te parle-t-il, ce M. Dollins?

— De mille choses; du pavillon que nous habiterons au bord de *la Rivierrette*, du piano qu'il me fera venir de Paris, des romances que nous chanterons ensemble, de la pépinière qu'il fait planter, de ses bons chiens de chasse, que sais-je?.. de tout enfin.

— Ce tout me paraît bien restreint. Quoi! jamais de ses sentiments?

—Oh! si vraiment; mais je lui ai dit que j'étais très-persuadée de son affection, que je la lui rendais bien, et que j'aimais mieux parler d'autre chose.

Parler d'autre chose! ce dernier mot mit le feu aux poudres. La tante Danielle repoussa sa nièce par un geste vif en s'écriant :

— Je ne reconnais en toi ni le cœur de ta mère, ni le sang de ta tante! tu es bien la fille de cet être incomplet, nourri d'articles du code et de fragments de procédure, qu'on appelle un notaire !

On entendit aboyer un chien auquel une voix jeune et sonore imposait silence.

— C'est Emile Dollins, dit Jenny très-simplement.

Mlle de Laurage se retourna pour examiner, de son œil redoutable de vieille fille romanesque, le futur annoncé. C'était un grand jeune homme, de vingt-cinq à vingt-huit ans, un peu taillé en colosse de Rhodes, possesseur d'une fort belle moustache fauve, et d'abondants cheveux blonds.

Des yeux naïfs et bons, une démarche assurée, des mains nerveuses, de belles couleurs, un air

de santé réjouissant à voir, accusaient l'homme
simple, le propriétaire et le chasseur.

La présentation se fit de la façon la plus naturelle. Emile s'excusa près de Jenny de n'être pas
venu la veille, sur ce qu'il n'avait pu se dispenser
d'accompagner son père à Auxonne.

— Vous avez bien fait, et je l'avais pensé, répondit tranquillement Jenny.

Mlle de Laurage haussa imperceptiblement les
épaules. Ce début de conversation entre les deux
fiancés lui rappelait des scènes bien différentes de
sa jeunesse. Si le baron Rousseau n'avait pu venir
à Laurage le jour où il y était attendu, que de
larmes! que de reproches! que de soupçons!

— Ah! la jeunesse d'aujourd'hui ne nous vaut
pas! pensait-elle.

On reprit la promenade à travers le jardin, et
la tante Danielle, qui était en veine de blâmes
secrets ou directs, s'en prit au petit parc qu'elle
déclara joli, mais infiniment trop soigné, trop pei-
gné pour rappeler la nature.

Emile Dollins sourit en montrant du doigt un

parc sombre, dont les hautes futaies s'étendaient dans la plaine depuis les bords de *la Rivier-relle.*

— C'est un reproche que l'on ne pourrait faire au parc de Chenocé, dit-il; les arbres y croissent à la diable sans être jamais ni taillés, ni émondés; les plantes parasites envahissent les plates-bandes, empiètent sur les allées, sans qu'un jardinier prenne souci de cette usurpation croissante.

— Il est donc abandonné, ce château?

— Non pas; mais les locataires ont, paraît-il, d'autres préoccupations que le soin de cette pro-priété.

— Sont-ils, au moins, d'un voisinage agréable?

— Ce sont des dames étrangères.

— Des femmes?... peuh! de la frivolité, alors, et de la jalousie.

— Non, ma tante, intervint Jenny. La belle-mère, lady Suzanne Holygood, comtesse d'Aring-dale, d'origine française, est très-gracieuse; la belle-fille, lady Harriett Holygood, est fort distin-guée.

— Miséricorde! des Anglaises!... elles avaient donc une famille ici?

— Elles n'y connaissent que mon père, lequel a servi d'intermédiaire pour la location de Chenocé.

— Alors, pourquoi y venir?

— Pour rétablir la santé de lady Suzanne.

— Pauvre femme!.. c'est le climat d'Angleterre qui lui aura ruiné la santé, avec ses brouillards, sa neige... et ses beefsteacks. Fi, l'horreur!... nature triste, nourriture matérielle... j'ai l'Angleterre en exécration.

— Bon! fit Emile; il ne faudrait pas énoncer une opinion aussi radicale devant lady Harriett Holygood. Elle est Anglaise, moralement et physiquement, depuis la pointe de ses longs pieds minces, jusqu'à l'extrémité de ses cheveux d'or; depuis son admiration pour tous les usages britanniques, jusqu'à son dédain pour toutes les coutumes françaises.

— Cela ne me dispose nullement en faveur de cette petite personne-là, dit vivement la tante

Danielle qui était absolue même dans ses préventions.

— Vous changerez d'opinion en la voyant, ma
tante; elle est fort jolie.

— Jolie!.. la belle affaire! et hérétique avec cela?

— Je ne sais pas, dit Jenny;... je n'ai jamais
osé m'informer...

— Je le verrai au premier coup d'œil; l'habitude d'interpréter la Bible, suivant leurs petites
lumières et leur inclination à toujours sermon-
ner, leur donne un certain air pédagogue auquel je ne me trompe pas.

— Peut-être, mademoiselle, les châtelaines de
Chenocé vous feront-elles revenir de ces idées préconçues; elles sont, en somme, avec monsieur le
maire, les seules personnes que l'on puisse voir
avec quelque agrément à Saint-Onésime.

Mlle de Laurage attendait, cherchait peut-être
même, l'occasion de se mettre tout de suite en
hostilité avec son futur neveu. Aussi se hâta-t-elle
de répondre avec une aigreur qui soulignait l'intention :

2.

— Je vous prie d'être bien convaincu, monsieur, que je n'ai jamais d'idées préconçues contre personne, quoiqu'il y ait des physionomies qui, dès la première vue, ne m'inspirent qu'une médiocre sympathie.

Et, sans plus se préoccuper de la portée de ce coup de boutoir, la vieille fille revint vers la maison où la cloche du déjeuner se faisait entendre.

— Allons, grommelait-elle en arpentant les allées, si je ne trouve pas un moyen prompt d'arracher Jenny aux pattes vulgaires de ce cultivateur décrassé, la noyade de la pauvre enfant va devenir irrémédiable. Tout le jour, dans ce ménage, on parlera agriculture et pot au feu, et le soir, pour se reposer de tant d'aspirations élevées, le mari et la femme viendront, sous une tonnelle de haricots verts, rêver à l'avenir de leur melonnière. Foi de Laurage ! cela ne peut finir ainsi.

III

Chenocé

Emile déjeuna à Bellevue. Au dessert, timidement, il insinua, entre deux sourires troublés, une allusion à la date encore indécise de son mariage. Le notaire frissonna, en prévision d'une explosion de la terrible tante. Il avait tort; elle fut tout miel et sucre en déclarant que trois mois lui paraissaient indispensables pour la confection du trousseau de Jenny.

Emile fut abasourdi d'apprendre qu'il fallait tout ce temps-là pour faire venir de Paris les richesses de linge et de broderies exigées par l'usage. Il osa le faire entendre, ce qui lui attira une conclusion sèche et péremptoire de l'oracle de la famille.

Le notaire respira, heureux d'en être quitte au prix d'un retard, tandis qu'il reconnaissait avoir manqué à ses devoirs en ne prenant pas, avant toutes choses, l'avis de la tante Danielle.

Émile courba la tête avec une résignation, presque risible chez cet hercule, et d'autant plus méritoire qu'il trouvait bien inopportune l'immixtion, dans ses affaires de cœur, de cette nouvelle venue si absolue dans ses opinions et si difficile dans ses préférences.

Le premier soin de Mˡˡᵉ de Laurage fut de découvrir, dans ce coin retiré de la Bourgogne, un prétendu selon ses rêves pour Jenny; l'entreprise était d'autant plus délicate qu'elle ne pouvait faire rompre une union très-sortable sous le seul prétexte que le fiancé de sa nièce n'était ni un poëte, ni un adonis.

Sa consciencieuse visite aux rares notabilités du pays ne lui offrit même pas l'ombre de ce qu'elle cherchait. Monsieur le maire, célibataire, il est vrai, avait soixante-dix ans; monsieur l'adjoint élevait son héritier au biberon; le médecin en était à sa troisième femme, et les deux plus gros propriétaires du village étaient affligés, entre eux deux, d'une demi-douzaine de filles assez laides et parfaitement champêtres.

— Allons, pensa la romanesque fille, il faut frapper un coup décisif !

Le résultat de cette détermination fut que, le soir même, elle écrivit et jeta à la poste une lettre qui portait pour suscription, de sa grande écriture aristocratique :

> *Monsieur Armand de Torisan*
> *château de Torisan,*
> *près Tarbes.*
> *(Hautes-Pyrénées.)*

Cela fait, le visage de la tante Danielle revêtit une expression à la fois mystérieuse et triomphante, qui causa une certaine inquiétude à M⁰ Champlin.

Mᵐᵉ de Laurage, en dépit de son antipathie pour l'Angleterre et de ses préventions pour les

Anglais — sans doute par rancune des détériora-
tions graves qu'ils avaient fait subir à Waterloo
au baron Rousseau — se crut tenue à déférer au
vœu de son beau-frère, qui l'engageait à terminer
sa tournée de visites par le château de Chenocé.

Elle arbora pour cette occasion sa plus belle toilette noire relevée d'antiques dentelles, afin, disait-elle à Jenny, de montrer à *ces insulaires*
qu'une Laurage n'était pas la première venue et
leur faisait grand honneur en daignant aller à elles.

L'avenue qui conduisait à Chenocé était une
belle allée ombragée de marronniers centenaires
aux troncs moussus, aux pousses irrégulières et
vigoureuses. Des équipages, des carrosses de
grands seigneurs, avaient dû enfoncer leurs larges roues dans les ornières profondes qui ne por-
taient même plus l'humble charrette d'un jardinier. On s'en apercevait bien à la végétation
luxuriante et échevelée du parc qui s'ouvrait aux
deux côtés de l'avenue.

Le château se dressait tout au fond, délabré,
sévère avec son architecture d'ordre composite où

chaque siècle avait greffé son empreinte sous la forme d'une ogive, d'une tourelle, d'un fossé, et enfin d'un pigeonnier moderne.

Cette dernière petite construction, rattachée à l'aile gauche, tranchait bizarrement par son badigeonnage délicat, ses treillis verts encadrant de petites lucarnes béantes, avec l'aspect farouche et ruiné de tout l'édifice.

De beaux ramiers, d'une espèce curieuse et rare, voletaient sur le pavé moussu de la cour autour d'un personnage si fort occupé à leur jeter du grain qu'il ne remarqua pas l'arrivée des visiteurs.

Après avoir toussé d'une façon formidable, frappé le sol de sa canne, fait enfin tout l'honnête tapage qui lui parut convenable pour attirer l'attention du *pigeonnophile*, M. Champlin en prit bravement son parti :

— Eh bien ! monsieur le baron, dit-il en élevant la voix bien au-dessus du diapason ordinaire, comment se porte votre dernière couvée ?

Le personnage interpllé se retourna lentement

et montra la face rubiconde, paterne et somnolente d'un vieillard de soixante-dix ou douze ans, sur laquelle, si l'intelligence faisait défaut, la bonté semblait avoir élu domicile.

— Trop bon, cher notaire, en vérité, trop bon ! répondit-il d'un accent attendri ; les petits se portent à merveille, je n'ai à déplorer que la perte d'un mort-né ; mais, vu l'état de l'œuf au moment de l'incubation, ce résultat n'était que trop facile à prévoir.

Il saluait, en parlant ainsi, et en fixant ses yeux ronds interrogateurs sur le visage inconnu de la tante Danielle.

— Mlle de Laurage, ma belle-sœur ; M. le baron d'Exaudrille, oncle de lady Aringdale, dit le notaire en complétant, d'un geste, la présentation.

Après un nouvel échange de saluts, le baron d'Exaudrille prit la direction de la grande porte du château suivi de la petite société. Cette porte était immense, sculptée naïvement, et donnait accès à un vestibule dallé de marbre dont les proportions répondaient à celles de l'entrée. A gauche, des bancs de chêne, recouverts de vieilles tapisseries, semblaient attendre encore les valets d'autrefois. À droite, s'ouvraient les appartements du rez-de-chaussée si froids, si vastes, si difficiles à animer que la comtesse d'Aringdale s'était réfugiée dans la moins grande de ces pièces — un beau salon qui eût fait l'orgueil d'une Parisienne — où elle avait fait installer son piano, ses livres et sa broderie.

Malgré le soin qu'elle avait mis à en décorer la nudité, la vie manquait entre ces murs épais, à tapisseries fantastiques, dont chaque fenêtre enfoncée formait une sorte de réduit, et dont la cheminée abritait une rangée de fauteuils modernes sous son manteau de marbre noir.

Ce fut dans ce salon sévère que lady Suzanne reçut la famille du notaire. C'était une jeune femme de taille moyenne, élégante et souple sous la robe de soie foncée qui en voilait les grâces exquises. Ses cheveux châtains, difficilement mordus par un grand peigne d'écaille, laissaient échapper quelques folles boucles sur un cou déli-

3

catement emprisonné dans la toile empesée d'un
col plat. Des manchettes rigides serraient ses poignets et tranchaient, par leur blancheur, sur le
rosé de ses fines petites mains. Aucune bague à
ses doigts, aucun bijou à ses oreilles; sur toute sa
personne un parfum de simplicité plutôt que de
puritanisme.

Sa physionomie était agréable et douce, ses
yeux profonds. Était-elle belle?... Il fallait chercher un peu et se défier du charme. Malgré sa
jeunesse, elle paraissait sérieuse; ses lèvres, faiblement colorées, semblaient faites bien plus pour
la parole grave que pour le rire éclatant.

Mlle de Laurage, qui se piquait d'observation,
vit assez nettement les traits les plus accusés de
cette figure sympathique; son salut de grande
dame se ressentit de cette favorable impression.
Jenny glissa sa petite patte rose dans la main de
la châtelaine, dont le maintien participait de la
réserve d'une jeune femme et de la grâce accueil-
lante d'une maîtresse de maison.

La comtesse excusa lady Harriett, sa belle-fille,

qu'une promenade dans le parc privait du plaisir de recevoir Jenny, et se leva pour l'envoyer chercher. Jenny, devinant cette intention, la pria de lui permettre d'aller à la rencontre de lady Harriett à travers le parc, qu'elle connaissait un peu.

L'autorisation ayant été accordée avec une légère hésitation qui surprit la tante Danielle, Jenny s'échappa du salon et prit son vol dans le parc. Nous avons déjà dit qu'il était livré sans nulle entrave à l'action de la nature qui s'en donnait à cœur joie. Les arbustes y devenaient des arbres; les plantes, des arbustes; les fleurs, de gigantesques pousses allongées vers la lumière, cherchant l'air à travers les fouillis qui les obstruaient. Les ronces poussaient, hautes et drues, dans ce milieu favorable aux fantaisies mauvaises du sol.

De grandes lianes, montées au sommet des branches, retombaient pour se renouer à l'arbrisseau le plus proche et s'élevaient de nouveau avec lui, prolongeant ainsi à l'infini ces arcades naturelles.

Cette manière de forêt vierge, sous le dôme épais de laquelle régnait une ombre fraîche que le grand soleil pointillait, çà et là, de piqûres d'or, parut d'abord charmante à Jenny, puis étrange et bientôt effrayante. Cela ressemblait si peu au jardin pomponné du notaire !

Et puis, quel silence ! les oiseaux immobiles sur les branches, les insectes endormis par la chaleur ne bruissaient plus ni dans les feuilles ni dans l'herbe. Nul chemin de tracé. Le sentier que la jeune fille avait suivi d'abord s'était brusquement perdu dans un fourré ; des épines avaient l'impertinence d'accrocher sa robe, et ses petites mains se blessèrent en écartant le feuillage serré.

Jenny n'était pas courageuse ; la poésie de ce lieu sauvage lui échappait totalement ; elle tournait déjà, depuis plusieurs minutes, dans un cercle de verdure sombre sans trouver d'issue ; quelque chose glissa près d'elle, dans les broussailles, avec le petit bruit furtif particulier à ce qui rampe.

C'était peut-être une innocente couleuvre.

Jenny se crut menacée au moins par un serpent à sonnettes; toute pâle, elle s'appuya contre un arbre en jetant un cri de terreur.

— Qui donc est là? demanda une voix rude à quelque distance.

Elle entendit marcher; une main masculine ouvrit brusquement les ronces et un homme d'un certain âge, fort grand, fort gros et fort laid apparut aux yeux ravis de la tremblante fille, qui s'éla· vers lui comme vers un sauveur.

— Ah! James!... quel bonheur! s'écria-t-elle; j'ai eu une peur!... si vous saviez... j'étais perdue.

L'homme, dont la culotte de peau collante, le gilet rouge, la jaquette brune, indiquaient la condition mercenaire, sourit en reconnaissant Mᶦˡᵉ Champlin, et, soulevant poliment la toque écossaise qui ornait son chef roussâtre :

— Pardon, miss Jenny, dit-il avec un effroyable accent anglais, je ne croyais pas vous trouver ici.

— Je cherche lady Holygood. Où donc est-elle?

— Pas bien loin, fit James avec un regard
oblique qui sembla vouloir percer le mur de feuillage; venez, Miss, nous allons la rejoindre.

Jenny suivit son guide, qui la ramena promptement dans un sentier plus battu quoique très-
fruste encore. Il s'enfonçait sous bois en s'élar-
gissant par place pour se resserrer ensuite. Dans
une de ces éclaircies, la jeune fille aperçut une
femme qui marchait, inclinée vers la terre,
comme si elle eût été à la recherche d'un objet
perdu.

— Après la forêt vierge, le peau-rouge qui
cherche une piste! pensa Jenny qui venait de lire
un roman de Cooper.

Seulement le peau-rouge avait la silhouette élégante de lady Harriett Holygood. Au bruit des pas,
la promeneuse se retourna vivement et témoigna
à l'aspect des nouveaux venus une surprise voisine
de la contrariété.

Mlle Champlin était trop peu physionomiste
pour distinguer cette impression rapidement com-
primée. Elle courut follement se jeter au cou de

celle qu'elle appelait son amie, quoique leurs relations n'eussent absolument rien d'intime.

Lady Harriett était une grande, très-grande jeune fille, d'une vingtaine d'années, dont le buste allongé, d'une ténuité invraisemblable, soutenait une tête fine, froide, correcte et belle, malgré l'expression hautaine du regard. Une pluie de cheveux cendrés, plantés bas sur le front, descendait sans art, mais non sans élégance, sur des épaules grêles dont une chemisette de guipure noire révélait la structure osseuse. Quelque chose d'énergique, de passionné, émanait de cet extérieur plus distingué qu'attrayant. On pressentait que les années, en apportant des modifications à ces traits, à ces formes encore jeunes, n'en enlèveraient jamais la roideur native et ne feraient, jamais non plus, de cette jolie femme, une femme sympathique.

Miss Harriett rendit un baiser hâtif à sa petite amie.

— Que faisiez-vous donc dans ce coin du parc, ma chère Jenny? fit-elle d'un air distrait.

— Oh! votre parc!.... c'est un monde : on s'y perd. Et puis, on y entend des bruits dans l'herbe; dites, il y a donc des serpents?

— Quelle folie! fit lady Harriett en haussant les épaules, ce dont Jenny fut d'autant plus scandalisée qu'elle entendit James chuchoter entre haut et bas :

— Oui, certes, des serpents... et pleins de venin ; mais ils ne rampent pas toujours!

Cette assertion, au moins hasardée, ne parut pas être arrivée jusqu'aux oreilles de la jeune Anglaise qui, faisant à James un geste de congé, remonta lentement le sentier dans la direction du château.

Lorsqu'elles eurent disparu, James resté au milieu du sentier, droit comme un cierge, s'inclina à son tour vers la terre maintenue fraîche par l'épaisseur de la voûte de feuillage, et vit distinctement les traces d'un pas masculin mêlées aux traces plus légères laissées par des pieds de femmes.

C'était bien un pied masculin, mais non la

forte chaussure à tête de clous que James portait .
en ce moment. Ses gros sourcils se froncèrent
et son masque impassible exprima quelque chose
qui pouvait être de la crainte autant que de la
colère.

Il essaya d'effacer, une à une, ces empreintes
trop visibles, mais le nombre en était grand.
Alors il se prit à appuyer son propre pied, suffisamment large pour les couvrir, et, descendant
ainsi le sentier, dans le sens opposé au château,
il se perdit dans le bois en murmurant sourdement :

— Elle a suivi les traces..... elle a des soupçons : il faudra trouver mieux.

IV

Belle-mère et Belle-fille

Les deux jeunes filles entrèrent au salon où lady Harriett, prévenue par Jenny, savait rencontrer M{}^lle de Laurage. Elle lui adressa un salut gourmé, car elle éprouvait pour les vieilles filles la même répulsion que la tante Danielle éprouvait pour les jeunes ladies.

La conversation roulait sur les motifs de l'installation des dames anglaises dans ce coin de la Bourgogne, sujet qui paraissait intéresser M{}^lle de Laurage, car, à peine les nouvelles venues assises, elle se tourna vers la comtesse d'Aringdale en la priant de continuer.

Celle-ci, depuis l'entrée de sa belle-fille, semblait disposée à abandonner ce sujet d'entretien.

Son interlocutrice, qui ne lâchait pas prise avec facilité quand elle s'amusait de quelque chose, la poursuivit opiniâtrement d'une interrogation formulée avec le plus engageant sourire.

— Vous nous disiez, Madame, que votre santé ébranlée vous engagea à chercher en France une propriété vaste et paisible. Chenocé dut vous plaire.

— Il est imposant, étendu, mais peu productif toutefois, dit M⁺ Champlin, toujours positif.

— Bien situé surtout, dit lady Suzanne.

— Et suffisamment solitaire, sombre et mystérieux pour charmer Milady, acheva sèchement lady Harriett.

La comtesse leva sur sa belle-fille son œil clair et doux avec une timide expression de reproche, puis elle continua de sa voix un peu basse et contenue :

— Chenocé me plut en effet beaucoup, et je sais gré à M. le notaire d'avoir si bien interprété mon désir, en m'aplanissant les difficultés de location. Mais, comme je ne pouvais habiter seule ce grand vieux château, j'ai été assez heureuse pour décider un oncle de ma mère, le baron d'Exaudrille, à bien vouloir m'y accompagner.

— Quoi?... que me voulez-vous, ma nièce? demanda le baron auquel sa surdité ne permettait pas de saisir toutes les nuances de la conversation.

— Je disais, mon cher oncle, répondit gracieusement la jeune femme, que vous avez bien voulu renoncer à votre belle Touraine pour venir protéger, de votre présence, notre solitude de Chenocé.

— Vous le désiriez... et vous savez bien, ma chère enfant, que je ne sais rien vous refuser.

— Il eût peut-être été plus naturel, insinua lady Henriett, que Milady choisît la Touraine pour résidence et ménageât votre repos, monsieur le baron. Il est vrai que la Touraine, ce beau jardin découvert, ne possède sans doute pas de manoir gothique, au milieu d'un parc antédiluvien.

— Certainement, certainement, approuva le baron qui n'avait pas entendu.

— C'est alors que lady Harriett Holygood vint nous rejoindre, continua la comtesse, son éducation étant terminée.

— Oh! complétement terminée, fit la jeune fille avec un sourire ironique; il y avait même toute une année que mes professeurs la déclaraient parfaite; mais vous aviez jugé, Milady, qu'une année de plus sous les verrous était une excellente préparation à la vie... murée, que nou menons ici.

Devant cette agression persistante, qui, pour la troisième fois en cinq minutes, s'affirmait devant les étrangers, un peu de sang monta au front pâle de lady Suzanne; pourtant sa voix resta douce et sa parole s'efforça d'être souriante.

— La vie à la campagne n'est jamais d'un attrait positif pour la jeunesse, dit-elle, et je reconnais que la vôtre serait infiniment mieux placée dans un cadre plus animé; moi, déjà vieillie, j'ai la faiblesse de l'aimer.

— Je doute que cet amour me vienne jamais,

s'exclama la tante Danielle avec emphase. Il est vrai que les joies du cœur me suffisent et que je suis ici pour remplir un devoir!

— Il serait à désirer, Mademoiselle, répliqua prestement lady Harriett, que tout le monde pût invoquer un motif aussi louable à l'appui de ses décisions.

Il y eut un silence. Lady Suzanne dissimulait mal son malaise devant les traits vifs dont sa belle-fille prenait plaisir à cribler la conversation. Celle-ci, très-calme, l'air railleur, paraissait beaucoup plus occupée à poursuivre une lutte sourde, qu'à plaire à ses visiteurs.

Mlle de Laurage prit congé. En rentrant à Bellevue elle formula carrément son opinion sur les dames de Chenocé : une belle-mère trop faible; une belle-fille élevée sans l'ombre de respect pour la veuve de son père; un vieillard sourd et nul, incapable de toute direction; la discorde sous le vernis du monde : la haine dans les cœurs et le sourire dans les yeux.

— Un peu de vérité et quelques erreurs. Dieu

veuille qu'il n'y ait même rien de plus dans cet
intérieur! dit sérieusement le notaire.

Demeurées seules dans le grand salon de Chenocé, les deux jeunes femmes prirent l'une un
livre, l'autre une broderie, pour échapper à la
nécessité d'échanger quelques paroles. Cet expé-
dient, dont la comtesse d'Aringdale surtout paraissait désireuse de se servir, ne fut pas d'une
longue utilité à lady Harriett.

Elle feuilleta pendant cinq minutes un roman
d'Anne Radcliffe — *Les Mystères d'Udolphe ou les
souterrains du vieux château* — puis le rejeta
tout ouvert sur une table, avec un éclat de rire
aigu qui résonna sous la haute voûte.

Lady Suzanne, surprise d'un semblable accès
de gaieté où l'on devinait l'effort, laissa son aiguille fixée dans sa tapisserie et ses yeux interrogèrent.

— Ce livre est absurde! dit enfin la jeune
fille; l'auteur s'essouffle, s'époumonne à emmêler
sa trame, à assombrir ses mystères, à créer l'invraisemblable pour nous faire frissonner. Que de

travail perdu !... comme si le merveilleux ne se rencontrait pas tous les jours, à chaque pas de certaines existences. N'est-ce pas aussi votre avis, Milady?

— Je ne comprends pas très-bien votre raisonnement, répondit lady Suzanne.

— Je vous dis que l'invraisemblable nous entoure, nous presse, nous aveugle, tandis que nous persistons à en chercher dans des livres ridicules. Tenez, un exemple. Est-il quelque chose de plus incroyable, dans tout le bagage littéraire d'Anne Radcliffe, que notre position, à nous?

— Mais, en vérité, quel rapport?...

— Oh! très-simple, vous allez voir. Ne ferait-on pas une ravissante nouvelle pour un *magazine* à la mode, une nouvelle à succès, à *sensation* comme vous dites, vous autres Français, avec un cadre comme le château de Chenocé, à demi effondré, aux trois quarts inhabitable, un vrai nid à fantômes?... pour personnages, un vieillard occupé à entendre roucouler ses ramiers — une

jolie antithèse, hein? — une belle jeune veuve
qui porte le deuil d'un des représentants les plus
en vue de l'aristocratie anglaise, une jeune fille
qu'on enfouit dans cette solitude, alors qu'elle
devrait être présentée à Windsor, et deux serviteurs, la vieille Ketty qui ne sait pas un mot
de français!... et James, le garde du corps de la
châtelaine!

— Vous êtes en verve, Harriett, dit lady
Suzanne avec un sourire contraint.

— Voulez-vous le bilan de ces deux existences
féminines? Au dedans, la retraite, la monotonie,
le mystère; au dehors, de rares relations d'une
banalité désespérante, quelques courses à cheval
le long des routes plates, ou de solitaires promenades dans un parc sombre, si inculte, si inextricable, si semblable aux savanes d'Amérique
que l'apparition d'un pied humain, dont j'ai fait
la constatation aujourd'hui même, m'a produit un
effroi identique à celui qu'éprouva Robinson en
découvrant, dans son île, l'empreinte des sauvages.

— Un pied?... comment?... qu'y a-t-il là d'étrange? balbutia la comtesse subitement troublée.

— Mon Dieu! c'est étrange, uniquement parce que rien n'arrive ici comme dans les maisons ouvertes, riantes et bruyantes du pays. Dans ces logis honnêtes, qu'importe le pas d'un rôdeur ou d'un ami? Dans notre parc tout noir, un promeneur qui n'est pas James, un promeneur finement chaussé, comme on ne se chausse pas à Saint-Onésime, qui va et vient autour du château, sans jamais trop s'en éloigner, comme sans jamais atteindre les parties découvertes, c'est là un fait insolite qui suffit, tant nous vivons peu comme tout le monde, à m'inquiéter vaguement et même à vous faire pâlir, Milady.

Par un geste involontaire, lady Suzanne porta la main à ses joues, qu'elle sentit froides; sa paupière eut un léger battement; mais, surmontant ce malaise:

— Ce que vous dites est malheureusement vrai, Harriett; nous vivons peut-être un peu trop en-

dehors du commun des hommes : vous en con-
naissez les raisons.

— Les raisons!... mille fois non, Milady. Pré-
tendriez-vous que ce soit le deuil de mon père?...
mais voilà plus de deux ans que nous le portons
avec respect. La perte de notre fortune survenue
peu après ce douloureux événement?... mais, du
chef de ma mère, il me reste une aisance plus que
suffisante pour un tout autre genre de vie. Votre
santé?... mais elle me paraît excellente. Les
goûts ornithologiques du baron d'Exaudrille?...
mais il eût mieux valu, comme je le disais tout
à l'heure, le laisser s'y livrer en Touraine que
d'imposer au vieillard l'exil de Chenocé.

La jeune femme ne jugea pas à propos de répondre à cette tirade, débitée avec une vivacité
passionnée; était-ce impossibilité, était-ce prudence? était-ce simplement dédain?

— Je regrette, dit-elle doucement, de vous voir
condamnée à une existence si sérieuse, à votre
âge, et avec votre caractère. Vous m'accorderez
cependant que c'est vous qui l'avez choisie, lors-

que je dus vous faire opter entre la France et
l'Angleterre.

— J'ai choisi ce que je croyais être le grand
air, l'espace, la liberté. Vous ne pouviez plus,
disiez-vous, Milady, supporter le séjour de l'Angleterre, après la mort du comte d'Aringdale et le
désastre financier de la première maison de
banque de Londres qui entraînait celui de notre
fortune. Vous étiez donc partie, me laissant
dans l'aristocratique pension de demoiselles où
il était de mode d'achever son éducation. J'é-
tais lasse, à dix-huit ans, des murs capitonnés
de soie de cette prison déguisée. Je ne recevais
plus de visites puisque, mon père mort et
vous absente, le reste de ma famille semblait
m'avoir oubliée. Je n'avais plus de nouvelles du
monde; il n'entrait au pensionnat que des journaux de modes; mes compagnes, une à une,
étaient rentrées dans leurs intérieurs où des mères
les rappelaient. Chose inexplicable!... les nouvelles venues, que j'apercevais aux heures de ré-
créations, me regardaient avec une curiosité idiote

et ne m'approchaient qu'à regret. J'imaginai leur paraître une paria que sa famille ne réclamait pas, ou peut-être encore une fille noble ruinée qu'elles prenaient en pitié.

— Ce doit être cela ; oui, c'est cela même, approuva vivement lady Suzanne.

— C'est alors que, voulant sortir à tout prix de cette situation impossible, je vous écrivis de m'envoyer James, étant décidée à vous rejoindre ici. Quel voyage! Milady!... j'étais triste, seule ; personne n'avait paru regretter mon départ. Et, surtout, quelle arrivée! je m'en souviens comme si c'était hier. La chaise de poste s'arrêta, le soir, à l'entrée de la grande avenue pour éclairer ses lanternes, à cause des ornières. James avait beau se hâter, trois ou quatre paysans vinrent curieusement tourner autour de la voiture, dont je levai vivement les glaces pour échapper à cette inspection, pas assez vite toutefois pour ne pas entendre l'un d'eux chuchoter d'un air méchant : — « Encore une voiture noire, encore quelqu'un dedans qui se cache; il ne vient donc que des criminels

au vieux château depuis qu'il y a cette étrangère? »
J'arrivai à la sombre demeure que vous affection-
nez, Milady, j'eus peur de ces grandes pièces
froides, de ces sculptures grimaçantes... et du
vent qui hurlait dans les escaliers... et des tours
délabrées qui semblent garder encore leurs pri-
sonniers du moyen âge... et je me rappelai la
parole méchante du paysan : « Il y a donc des criminels au vieux château? »

Lady Harriett s'arrêta pour regarder sa belle-
mère. Renversée au dossier de son siége, le regard noyé dans l'obscurité qui envahissait peu à
peu la vaste pièce, la comtesse écoutait cette parole âpre et vibrante, sous laquelle des cordes
secrètes semblaient tressaillir dans son cœur.

Une ou deux fois, ses lèvres blanches s'étaient
entr'ouvertes comme pour protester ou pour expliquer; une volonté supérieure, son âme sans doute
qui veillait à la dignité de cet entretien, leur avait
imposé le silence.

— Quelle désillusion ! reprit Harriett avec la
même passion acerbe. Rêver la liberté, les doux

horizons, la gaieté de la France et tomber à Chenocó!... Comprenez-vous cela?

— Je le comprends! murmura lady Suzanne.

— Alors, arrachez-moi, à cette atmosphère qui
m'étouffe... Venez où l'on trouve le plaisir, l'élégance, la vie enfin!... à Londres ou à Paris.

La comtesse se redressa comme si elle avait été
secouée par une pile électrique; elle passa la
main sur son front, où perlait comme une sueur
d'angoisse, et, raffermissant sa voix :

— A Londres, jamais! dit-elle; à Paris, pas
encore.

— Et pourquoi pas encore? N'avons-nous pas
payé un tribut assez long à de justes regrets? Ne
pouvons-nous enfin respirer librement comme
toutes les veuves, toutes les orphelines, dont les
larmes se sèchent avec les années?

— Mon deuil est plus profond que les usages
ne sont indulgents.

— Alors, ne vous étonnez pas si je mets
à profit les priviléges de l'éducation anglaise et
si je réclame mon indépendance. Vous ne pen-

sez pas, j'espère, m'interdire de quitter Chenocé?

— Vous interdire !... Hélas ! malheureuse enfant, je cherche à n'empêcher qu'une chose : votre malheur... et combien je réussis peu !

— De quel malheur suis-je donc menacée ? et quel rôle d'ange gardien jouez-vous près de moi si parfaitement à mon insu ?

Lady Suzanne s'était levée ; son doux visage, bouleversé par un trouble profond, tourné vers l'altière jeune fille, elle dit en joignant les mains avec l'accent de la plus touchante prière :

— Je vous en conjure, ma chère Harriett, ne me torturez pas ainsi de questions et de reproches ; je n'ai pas la volonté de vous répondre et moins encore l'énergie de vous résister. Je sais mieux souffrir que me défendre ; épargnez-moi. Croyez surtout qu'en ensevelissant notre vie dans la solitude j'obéis à ma conscience, et que, dès que les circonstances nous permettront de vous rendre au monde, je serai heureuse de vous dédommager.

— Je vous remercie, Milady ; je n'attendrai ni les circonstances dont vous parlez, ni votre bonne

4

volonté si lente à se produire, ni des explications si difficiles à vous arracher. Je vais écrire à lord Balmers, mon tuteur, de m'appeler auprès de lui.

— Ecrivez, dit froidement lady Suzanne.

La vindicative Harriett se leva avec véhémence, releva son roman abandonné, dont elle sema les pages autour d'elle dans un accès de colère, et sortit la tête haute.

Lady Suzanne se laissa retomber sur son fauteuil, comme fatiguée de la lutte, et deux larmes glissèrent silencieusement jusque sur ses mains jointes.

V

A Londres

Un rapide coup d'œil en arrière est indispensable pour expliquer les rapports tiraillés de la comtesse d'Aringdale avec lady Harriett. Il faut reconnaître que, depuis le jour de son mariage, toute la douceur intelligente de la comtesse avait échoué contre la prévention si enracinée qui s'attache au titre de *belle-mère*. Pour elle, à cet écueil, déjà si grave, s'en ajoutaient bien d'autres non moins sérieux. Elle était très-jeune, très-jolie, sans fortune et étrangère.

Lord Holygood, comte d'Aringdale, âgé, fantasque et absolu, avait fait, pendant un voyage sur le continent, un mariage d'inclination pour lequel il ne supportait aucune critique. La jeune

femme, par sa grâce et sa bienveillance, l'eût d'ail
leurs désarmée.

Il la ramena de France, toute timide et encore
attristée; il la conduisit dans le monde et lui pré-
senta sa fille, aux premières vacances qui amenè-
rent lady Harriett à Aringdale's House. Cette enfant avait alors quinze ans, une beauté altière, un
immense orgueil; elle se trouva humiliée à la fois
dans ses prétentions de future maîtresse de maison, de beauté incontestée et d'héritière opulente.

A ses yeux, la jeune belle-mère n'avait qu'un
mérite : elle était de famille noble, et encore
fallait-il avouer que ce n'était que de la noblesse française. Elle s'étudia, dès les premiers
jours, à lui découvrir des défauts, à nier ses qualités, à contreminer son influence. Elle supportait
impatiemment l'année scolaire, avec la certitude
que les vacances lui donneraient le droit de lutter
de volonté, de luxe et de succès mondains avec
cette belle-mère si jalousée.

Son espérance ne se réalisait qu'imparfaite-
ment. Soit par amour de la paix, soit indolence de

nature, lady Suzanne n'imposait que rarement sa volonté; elle se contentait de la plier aux exigences capricieuses d'un mari violent et despotique dans ses moindres désirs.

Soit simplicité native, soit délicatesse raffinée, lady Suzanne paraissait supporter le luxe qui l'entourait plutôt qu'en jouir, et choisissait pour sa toilette personnelle les étoffes sombres et les bijoux sérieux.

Soit lassitude anticipée, soit chagrin secret, lady Suzanne n'aimait pas le monde et ne s'y montrait que pour obéir aux fantaisies vaniteuses de son mari.

Lady Harriett eut des accès de rage folle en découvrant que la jeune femme était invulnérable et ne donnerait jamais prise à aucune des revanches qu'elle méditait.

Trois ans s'écoulèrent sans rien changer à la passivité de l'une, aux préventions de l'autre, aux façons tyranniques du père de famille. Cet intérieur si brillant à la surface était morne et désolé au dedans.

4.

Un jour d'automne — lady Harriett devait
quitter pour toujours son pensionnat la semaine
suivante — elle fut appelée par la directrice qui
lui apprit, avec une physionomie étrangement
bouleversée, que lord Holygood, gravement malade, désirait remettre à l'époque de sa guérison la
rentrée de sa fille dans sa famille, afin de lui épar
gner le spectacle de ses souffrances. Il envoyait
des ordres à cet effet. Stupéfaite d'abord, Harriett
s'emporta, s'indigna, déclarant que sa belle-mère
cherchait à l'éloigner de son père, qu'elle voulait
aller lui donner ses soins et partirait malgré les
ordres donnés. La directrice fut inflexible.

La jeune fille écrivit à lady Suzanne une lettre
de sanglants reproches et reçut, pour toute réponse, le bulletin quotidien de la maladie du
comte d'Aringdale. Un mois après, lui parvinrent
comme un triple coup de massue, les nouvelles
successives de la mort de son père, de la perte de
la plus grande partie de leur fortune et du départ
précipité de sa belle-mère pour la France, où l'ap-
pelaient des affaires d'intérêt.

Ces circonstances étaient d'un bizarre qui touchait à l'énigme. Ce lit de mort où l'on ne l'avait
pas appelée, ce voyage subit, d'une précipitation
telle que la comtesse n'avait même pas pris le
temps de venir embrasser sa belle-fille, tout cela
était bien fait pour irriter et enflammer l'imagination ardente d'Harriett.

Blessée, impuissante, abandonnée, elle passa
une longue année sans communication avec le dehors, en quelque sorte prisonnière, privée de
plaisirs, de visites, de journaux, de souvenirs. Il
semblait que l'oubli se fût fait subitement sur elle
comme le vide autour d'elle.

Quelques lettres courtes, tristes, embarrassées,
lui arrivaient parfois de Saint-Onésime, où lady
Suzanne disait s'être renfermée dans un isolement
qui convenait à sa douleur et à sa santé. Elle ne l'in-
vitait pas à venir la rejoindre dans sa solitude qui
pourrait lui paraître trop sévère, mais elle espérait
pouvoir lui offrir bientôt la distraction d'un voyage
plus agréable.

Ce voyage promis ne se réalisant jamais, Harriett, dévorée d'ennui, d'inquiétude et de curiosité, manifesta nettement son désir d'aller près de lady Suzanne partager cette vie champêtre qu'elle ne connaissait pas. Si cette proposition fut ou non souriante pour la jeune veuve, on ne le sut pas. James, un vieux serviteur du comte d'Aringdale, qui n'avait pas quitté sa veuve, vint chercher Harriett en Angleterre et la ramena à Chenocé.

Les premiers entretiens des deux femmes furent pleins d'orages et de récriminations. Lady Suzanne expliqua brièvement que lord Holygood étant mort d'une affection du cerveau avec cris et délire, ce spectacle, trop pénible pour une fille, avait dû lui être épargné; qu'à demi ruinée à la même époque par la célèbre faillite de la maison Ockerthson and C°, elle avait réuni les débris de leur fortune et était venue chercher l'oubli de ses cruelles émotions dans sa patrie. Elle ajouta qu'elle était reconnaissante à sa belle-fille de venir partager la retraite à laquelle elle se condamnait par convenance, par raison et par goût.

Lady Harriett eut beau entasser questions sur questions, piéges sur piéges, elle n'obtint pas le plus petit détail en-dehors de ces renseignements généraux, qui, sans manquer de vraisemblance, laissaient le champ libre aux suppositions malveillantes.

Persuadée, par un enchaînement de petits faits, presque insaisissables, mais réels, que la comtesse d'Aringdale avait un intérêt personnel sérieux à quitter Londres, à cacher sa vie, à chercher le silence, elle se mit à creuser avec une ardeur passionnée le mobile probable d'une si étrange conduite.

Souvent elle crut rencontrer un mystère, mais jamais la clef du mystère. Elle consuma un an à cette étude, à cet espionnage pour lui donner son véritable nom. Une année d'investigations patientes lui apprit :

1º Que la seule annonce d'un étranger, la prévision d'une visite, troublaient lady Suzanne; que tout nouveau visage était éloigné du château, à moins qu'il ne fût absolument impossible d'en

fermer la porte; que la vieille Ketty, souvent
malade, n'avait pas même une petite fille du pays
pour l'aider dans les soins de l'intérieur, et qu'aucun jardinier n'avait encore mis les pieds dans le
domaine;

2° Que lady Suzanne avait fréquemment avec
James de longs entretiens toujours secrets, dont
le but et l'utilité restaient inexplicables; que
chaque jour ce serviteur paraissait devenir plus
indispensable à la châtelaine, plus soupçonneux
envers lady Harriett, plus bourru avec les gens
du pays; qu'en outre, il faisait quelquefois des
absences d'une nécessité problématique et rap-
portait des colis qu'on ne voyait jamais ouvrir.

3° Que, si les livres, les brochures, les revues
littéraires abondaient à Chenocó, il n'y pénétrait
jamais ni publications politiques, ni journaux,
pas même les journaux anglais, malgré les inces-
santes réclamations de lady Harriett.

De tous ces éléments douteux, dont sa finesse
ne parvenait pas à former un corps de preuves
définies contre sa belle-mère, la jeune fille sut

tirer un parti perfide en écrivant à son tuteur, lord Balmers, comme elle en avait menacé la comtesse dans la scène pénible que nous avons racontée.

Ce fut avec une impatience fiévreuse qu'elle attendit cette réponse d'où devait sortir, pour elle, une existence nouvelle.

En attendant, les châtelaines de Chenocé rendirent à Mlle de Laurage la visite qu'elles en avaient reçue. On projeta de se voir souvent. Cette proposition mise en avant par Harriett, qui herchait à dévorer les heures, fit bondir Jenny de joie, et obtint l'autorisation gracieusement froide de lady Suzanne.

La tante Danielle, contrainte de reconnaître que c'était l'unique ressource de société que pouvait offrir Saint-Onésime à sa nièce, prit bravement son parti de la nationalité détestée de l'une, et de l'anglicisme involontaire que l'autre avai contracté dans son mariage à l'étranger.

Et pourtant, la comtesse d'Aringdale n'avait retenu des mœurs anglaises que ce qu'il était impos-

sible de n'en pas prendre avec la présence conti-
nue de sa belle-fille ; elle savait allier sa simplicité
naturelle avec la rectitude aristocratique de son
maintien, et habiller le peu de profondeur repro-
ché à l'esprit des femmes françaises, par un voile
de gravité puritaine qui lui était une séduction de
plus.

Mlle de Laurage résumait ainsi ses impressions
sur lady Suzanne : « Une jolie petite quakeresse
de Paris. » Quant à Harriett, elle la définissait :
« Une belle lady anguleuse qui ne peut arriver à
assouplir le paratonnerre qu'elle a cru de sa dignité d'avaler. »

Les deux jeunes filles firent de beaux projets.
Harriett voulait moderniser le parc, installer un
canot sur la *Rivierrelle,* ouvrir une des tourelles abandonnées pour y créer un oratoire; que
sais-je encore? A l'entendre, qui pouvait penser
qu'elle attendait, d'heure en heure, l'avis que lord
Balmers l'appelait en Angleterre? C'est qu'en
effet, elle ne parlait ainsi que pour pousser à bout
la patiente résistance de lady Suzanne, à qui la

seule pensée d'introduire des ouvriers dans sa solitude, de rajeunir ce coin de terre moyen âge, de toucher à ces tourelles closes pleines de souvenirs d'une autre époque, paraissait causer une sorte de superstitieuse terreur.

La réponse de lord Balmers ne se fit pas longtemps attendre. Le temps indispensable à la marche des courriers entre Saint-Onésime et Balmers Lodge, tout au fond du Yorkshire, s'écoula seul entre le départ des plaintes de la pupille et l'arrivée des conseils du tuteur.

Lord Balmers écrivait :

« Restez à Chenocé, ma chère Harriett; d'après
« la description que vous faites de ce vieux châ-
« teau, je ne crois pas que vous puissiez choisir
« un séjour plus approprié à votre situation d'or-
« pheline. Mes rhumatismes ne me permettent
« pas de vous offrir les plaisirs de votre âge que
« vous paraissez regretter, ce dont je m'étonne,
« vous croyant sérieuse; et je refuserais votre
« dévouement de garde-malade si vous aviez la
« générosité de vouloir m'en servir.

5

« Mieux vous vaut un mariage convenable qui
« vous rendra la liberté de fixer votre demeure
« dans un lieu moins sévère que Chenocé. Il y a
« en France de fort honnêtes gentilshommes et
« les provinces du centre sont tout à fait agréa-
« bles.

« Croyez, ma chère Harriett, à l'amitié de
« votre vieux tuteur.

                    « W. BALMERS. »

Ce refus si catégorique de la recevoir, ce conseil de rester en France, de s'y marier même,
parurent à la fois bien durs et bien étranges à
lady Harriett Holygood. Elle en pleura de dépit,
en creusant pendant de longues heures le sens
caché de cette diplomatique missive.

Elle ne trouva rien, sinon qu'elle était abandonnée de tous, même de celui que la loi lui donnait pour soutien, et qu'en attendant l'émanci-
pation qu'elle rêvait, il n'y avait d'autre intérêt
dans sa vie que de *démasquer* lady Suzanne.

VI

Le nouvel hôte de Bellevue

Vers la fin de la même semaine, la table de famille réunissait pour déjeuner, dans la salle à manger de Bellevue, le notaire, sa fille, Emile Dollins et la tante Danielle. Celle-ci avait ce matin-là un visage épanoui qu'on ne lui connaissait pas encore.

— Mon bon Champlin, dit-elle d'une voix câline, me permettrez-vous de disposer d'une chambre de votre maison pour un visiteur qui m'arrive?

— Un visiteur? fit curieusement le bonhomme, qui donc cela, ma sœur?

— Le fils d'une de mes plus anciennes amies, d'une amie de votre pauvre femme : Armand de Torisan.

—- Ah! le joli nom! dit Jenny avec naïveté.

Emile mangeait une carpe de la *Rivierrette*, ce qui explique peut-être la grimace involontaire qui, du gosier, lui grimpa jusqu'au front.

— Je sais, je sais, dit le notaire, n'est-ce pas le fils d'une dame Ernestine... Augustine... Armandine?...

— C'est cela même, Armandine. Chère amie!... nous l'avons perdue, hélas!... mais, vous savez, Champlin, que je garde le souvenir des morts.

— Oh! oui! fit le notaire avec conviction.

Ici la tante Danielle exhala un long soupir à la mémoire du baron Rousseau.

— Son fils Armand est tout son portrait. La seule pensée de le revoir me charme.

— C'est un jeune homme? hasarda Emile, qu'une arête tenace paraissait tourmenter encore.

— Oui, Monsieur, sourit agréablement l'impitoyable tante Danielle; un excellent et charmant jeune homme, qui vous aidera à répandre un peu de variété et d'esprit dans notre paisible Saint-Onésime.

— Où l'avez-vous déniché, cet oiseau de passage, Mademoiselle? riposta le malheureux fiancé qui enrageait d'être si maltraité.

— Ah ça ! il se défend ! pensa la tante Danielle étonnée de cette audace, tant le timide Emile Dollins lui paraissait capable de se laisser accabler sans protestation.

Elle punit l'indiscret de sa question directe par un regard olympien et reprit d'une voix attendrie :

— Armand m'écrit qu'il revient d'un long voyage et se remet vaillamment en route pour venir m'embrasser : les vieilles femmes comme moi sont très-touchées de ces marques de respectueuse tendresse. Où allons-nous le loger?

— Dans la petite chambre bleue, dit Jenny avec empressement.

— Si vous vous trouvez trop à l'étroit, beau-père, insinua Emile qui n'avait jamais tant parlé, il y a chez mon père tout un corps de logis inhabité qu'il se ferait un plaisir...

— Mon Dieu! que vous êtes donc aimable! interrompit la tante Danielle ; et comme c'est bien

pensé de vouloir giter mon visiteur, qui fait deux
cents lieues pour me voir, tout à l'extrémité du
village!... Grand merci. Armand ne sera ni gênant,
ni gêné. Il est si parfaitement homme du monde
que nous ne sentirons sa présence dans la maison
que pour nous en applaudir.

— Quand vient-il, ma tante? s'informa mademoiselle Champlin, cherchant déjà dans son trousseau de clés celle de l'armoire à linge.

— Ce soir, demain, je ne sais au juste. Monsieur de Torisan me laisse dans une certaine
incertitude sur le moment précis de son arrivée.
Il ne le connaît pas lui-même; il me paraît triste.
Oh! oui, vraiment triste pour une cause sacrée!...

Ce grand mot fit dresser la petite tête curieuse
de Jenny, tandis qu'Emile éprouvait des mouvements nerveux.

— Je crois deviner en lui une victime de la
fatalité,... de cette cruelle *séparatiste* qui s'acharne
sur les cœurs profonds!

Quand la tante Danielle retombait dans son
pathos sentimental, le notaire cherchait un pré-

texte pour s'enfuir et Jenny n'écoutait que d'une oreille. Cette fois, au contraire, Jenny tendait ses deux oreilles captivées, malgré les regards de détresse qu'Emile ne lui épargnait pas.

C'est que la fille du notaire avait une tendance à s'ébahir beaucoup de ce qu'elle ne comprenait pas, et ces *cœurs profonds*, cette *fatalité séparatiste* lui paraissaient donner beaucoup de relief au jeune étranger, *triste pour une cause sacrée*, qu'on attendait à Bellevue.

La chambre bleue fut prestement préparée, les plus jolies fleurs du parterre s'échafaudèrent au salon dans de grands vases de Sèvres, le parc fit un bout de toilette : le visiteur pouvait venir.

Vers le soir, la tante et la nièce, assises au fond d'une allée couverte, devisaient encore de lui.

— Ecoute, dit la tante Danielle, je te crois assez raisonnable, chère petite, pour te donner une preuve de confiance. Je vais te lire la lettre du fils de ma pauvre amie.

Elle fouilla dans ses larges poches, en retira un

papier couvert d'une fine écriture et lut avec toute l'émotion désirable :

« Vous êtes mille fois bonne, chère et respecta-
« ble amie, de désirer revoir ce grand écolier
« indiscipliné que vous faisiez sortir chaque mois,
« avec une abnégation si parfaite, pendant les
« années de son séjour à Paris.

« Je dis abnégation, et c'est le mot juste, car
« j'étais bruyant, raisonneur, disgracieux et dis-
« gracié comme on l'est à cet âge abominable.
« J'ai compris plus tard, en devenant homme, ce
« que je vous devais de reconnaissance pour ce rôle
« ingrat de correspondante que vous aviez bien
« voulu remplir, et surtout pour celui d'amie per-
« sévérante dont vous me donnez aujourd'hui une
« nouvelle preuve.

« Vous m'avez retrouvé, il y a huit ans; je
« n'étais plus l'affreux lycéen imberbe et satis-
« fait de jadis, et vous m'avez maternellement
« souri. Maintenant, vous me retrouverez bien
« changé encore, bien désillusionné, bien vieilli.
« Oui, chère amie, vieilli à trente ans, cela vous

« étonne. C'est bien simple, pourtant : j'ai souf-
« fert.

« Quelle joie de vous revoir, de refaire avec
« vous les dures étapes de mon passé! Je vous
« dirai comment seul, orphelin, j'avais trouvé sur
« ma route la compagne rêvée, celle que ma mère
« m'eût choisie; comment, au moment où j'avais
« obtenu sa main, cet avenir fut brutalement brisé
« par l'égoïsme d'un père qui força ma fiancée dé-
« solée, mais soumise, à un mariage riche et
« odieux.

« Depuis ce jour, j'ai cherché l'oubli, l'étourdis-
« sement, sans le trouver, ne fût-ce qu'une heure.
« Il me sera doux de vous parler de mes affections
« détruites — ma mère et ma fiancée, toutes deux
« mortes pour moi! — Et vous, qui aviez essuyé
« les larmes de l'enfant, vous aurez encore une
« parole consolante pour l'homme découragé qui
« vous a voué sa respectueuse tendresse.

« ARMAND DE TORISAN. »

— Quel cœur! exclama Mlle de Laurage, en levant vert le feuillage assombri des yeux extatiques.

— Ah ! la jolie lettre! soupira Jenny.

Mlle Champlin, sortie depuis peu du couvent, n'avait encore gâté son imagination par aucune lecture de romans, par aucune rêverie fantaisiste. C'était une douce et simple jeune fille parfaitement appropriée au calme bonheur qui lui paraissait réservé. Malheureusement, depuis l'arrivée de la tante Danielle, elle avait entendu déjà de bien folles histoires, de bien dramatiques récits; son petit cerveau, qui digérait mal cette bizarre nourriture intellectuelle, confondant dans un brouillard poétique ce qu'elle avait appris du passé et ce qu'elle entrevoyait dans le présent, resta convaincu que M. Armand de Torisan, par cela seul qu'il pleurait encore sa mère, qu'il avait perdu sa fiancée et qu'il ne trouvait pas de consolation, devait être une figure idéale, d'une beauté surhumaine, d'un esprit immense et d'une sensibilité raffinée.

Sans se rendre bien compte de ce que pouvait
être un personnage ainsi construit, physiquement
et moralement, elle éprouvait une certaine curiosité et une appréhension vague en interrogeant la
route où le héros ne pouvait tarder à se dessiner.

M. Armand de Torisan lui causa une légère dé-
ception lorsqu'il arriva, sans aucun tapage, et se
fit présenter par la tante Danielle à la famille du
notaire.

C'était un grand jeune homme qui n'attirait le
regard par aucune beauté frappante. Sa physionomie était intelligente, ouverte, son regard, d'une
extrême douceur. Le trait le plus saillant de sa
personne était une entière distinction. On le
pressentait homme du monde au premier coup
d'œil : à la première parole, on en était assuré.

Sa bonne grâce eut, en quelques instants, charmé
tout le monde : Émile Dollins n'était pas là.

— Eh quoi ! cher enfant, vous arrivez sans
bagages... ou du moins sans autres bagages que
cette légère valise? s'écria la tante Danielle.

— Je ne fais que passer, dit-il.

— Avec cela que je le souffrirai !

— C'est toujours ainsi, je marche... à rendre des points au Juif errant !

— Je suis une maladroite. Il ne s'agit pas de vous empêcher de partir ; il s'agit de vous inspirer le désir de rester.

— Fort bien dit, ma sœur, fit cordialement le notaire.

M. de Torisan protesta que, s'il était capable de céder à une tentation de ce genre, ce serait certainement à celle qu'il prévoyait rencontrer dans cette hospitalière maison.

Entre gens bien élevés et d'une sincère bonté de cœur, les premiers tâtonnements d'une relation nouvelle perdent promptement leur caractère désagréable. Quand le notaire rentra, une heure après, dans son étude, il avait retrouvé son aisance habituelle et déclarait son nouvel hôte un fort aimable garçon.

Aimable n'était cependant peut-être pas le mot qu'il convenait d'employer en parlant de M. de Torisan. Certes, on ne pouvait manquer de trouver sa politesse exquise, mais son esprit sérieux, attristé plutôt, ne se pliait qu'avec un visible effort aux banalités de la conversation.

Une préoccupation, dont il était évident qu'il ne voulait laisser pénétrer ni la cause ni les suites, étendait sur son grand front bombé et découvert une teinte rêveuse, sans toutefois le plonger dans cette misanthropie vulgaire que certains jeunes gens ont mise à la mode pour abriter leur lassitude anticipée.

Si Jenny n'avait appris par la tante Danielle que le nouvel arrivé dissimulait un chagrin réel sous l'effort de son sourire, elle l'aurait jugé tout simplement un homme austère dont la jeunesse corrigeait la gravité.

Ce fut l'opinion du notaire, et peut-être aussi celle d'Emile Dollins qui vint, après le déjeuner, proposer une promenade à ces dames dans les bois de Saint-Onésime. En apprenant l'arrivée de M. de Torisan, il crut devoir retirer sa proposition ; mais la tante Danielle déclara que ce serait, au contraire, une occasion charmante de montrer à son jeune ami les beautés naturelles d'un pays qui n'offre à la curiosité de l'étranger rien de bien pittoresque, mais dont les sites frais et verts ont un attrait tout particulier.

Les deux jeunes gens furent présentés l'un à l'autre, petit cérémonial que M. de Torisan exécuta avec élégance, et dont Emile se tira à son honneur malgré sa farouche timidité.

Le brave garçon, dont la paisible existence n'avait été troublée, depuis sa sortie du collége, que par son projet de mariage — projet conçu avec calme, exprimé avec placidité, accepté le plus naturellement du monde — était tout surpris de se sentir inquiet, mal à l'aise, en face d'un événement aussi simple, en somme, que la visite de M. de Torisan à Mlle de Laurage.

Il trouvait à cette complication inattendue des allures vaguement menaçantes et dont sa quiétude parfaite prenait quelque peu ombrage. Quelle nécessité d'amener à Saint-Onésime ce type de distinction et de belles manières, dont le souvenir pourrait y prendre racine comme celui d'un mo-

dèle inimitable? C'était bien là une des idées
bizarres de cette tante inconséquente qui se jetait,
on ne savait trop pourquoi, comme un bâton mal
intentionné, dans les roues de son bonheur!... Et
encore!... pourvu que Jenny — ces petites filles
ont des imaginations si singulières! — n'allât pas
se mettre en tête que cette distinction, cette élégance étaient d'indispensables conditions pour
être heureux en ménage!... ah! alors tout serait
fini! Le pauvre Emile se sentait perdu, car son
esprit ne se plierait jamais aux conventions du
dandysme moderne, et son corps moins encore.

Et machinalement, en marchant tout pensif, il
regardait s'allonger son ombre massive à côté de
l'ombre fine et svelte de M. de Torisan. Ses fortes
épaules, son cou de taureau, sa chevelure rousse
embroussaillée dessinaient leur silhouette brutale
sur le sable mou, que la personne élégante du
jeune étranger effleurait légèrement.

Si Jenny allait faire une comparaison!... Juste-
ment elle regardait devant elle... Ce ne pouvaient
être que les deux ombres si disparates! Emile fit

un mouvement bref qui rompit la perspective et le rapprocha des deux dames.

Les promeneurs venaient de quitter le domaine du notaire pour s'acheminer vers leur but. C'était un bois étendu, fort bien planté, d'une grande variété d'essences, intelligemment mis en coupe, et dont la commune de Saint-Onésime était légitimement fière. Le chemin qui y conduisait serpentait dans une plaine grasse et riche où les moissons jaunissantes, empanachées de liserons, se balançaient lourdement sur leurs tiges.

Le soleil, qui embrasait l'horizon d'un fourmillonnement d'étincelles, faisait désirer aux promeneurs l'abri des grands parasols feuillus du bois. Jenny, pour la première fois, songeait, avec quelque contrariété, que son teint souffrirait de cette excursion entreprise de trop bonne heure.

Les deux jeunes gens bravaient la chaleur sous leurs légers chapeaux de paille. La tante Danielle se souvenait.

La sensible vieille fille revoyait en pensée une promenade presque semblable, faite quelque quarante ans plus tôt, avec sa mère et le baron Rousseau, pendant laquelle le galant officier, pour la préserver d'un soleil ardent, avait constamment tendu au-dessus de sa tête son écharpe blanche.

— Ah! les jeunes gens d'aujourd'hui ne songeraient pas à cela! soupirait-elle.

VII

Dans les bois de Saint-Onésime

Le bois de Saint-Onésime leur offrit bientôt ses teintes adoucies, son ombre poétique et désirée. Une sensation de bien-être, une pénétrante fraîcheur s'emparaient d'eux à mesure qu'ils s'enfonçaient sous les voûtes vertes, entre les chênes centenaires, les jeunes chênes hardiment repoussés sur les vieilles cépées, les frênes qui s'élevaient en massifs vigoureux, les hêtres exigeants comme des grands seigneurs, l'orme pyramidal, l'ypréau ambitieux et conquérant, et les bouleaux au tronc gercé, fendillé et blanchâtre.

De ces arbres, beaucoup étaient vieux et superbes; un plus grand nombre, jeunes et touffus; quelques-uns tordus par l'orage; quelques autres

courbés par les années, percés à la bifurcation du
tronc par les pics qui y avaient pratiqué des ou-
vertures. A leur base, s'étendait un gaulis de dix
à quinze ans peut-être qui contraignait les pares-
seux à filer vers le ciel, en portant très-haut leurs
têtes couronnées.

Armand de Torisan, plus poëte qu'agriculteur,
prenait plaisir à poursuivre un rayon perdu dans
ce dédale de ramures opulentes, d'arbustes grêles
et d'utiles plantations. Son pied caressait la
mousse épaisse et sa main enlevait parfois une
fleurette au taillis.

Emile cherchait une variété de bouleaux dont
il voulait boiser un monticule dans la propriété
paternelle. Jenny, moitié par goût, moitié par
convenance, s'associait à sa recherche.

Mlle de Laurago, assise au pied d'un hêtre,
apercevait sa robe blanche dans les clairières.
Le moment lui parut favorable pour entretenir
Armand cœur à cœur. Elle lui fit signe de s'asseoir près d'elle et l'attira, par un geste maternel,
bien en face de ses yeux interrogateurs.

— Vous avez donc bien souffert, mon cher Armand? lui dit-elle, avec une douceur affectueuse qui alla droit au cœur du jeune homme.

— Oui, dit-il en serrant la main ridée qui lui était tendue; oui, chère amie, j'ai passé par une douleur profonde, de celles qui brisent et qui épurent. Je vous l'ai écrit, je crois.

— J'ai cru comprendre qu'un père barbare...

— Un père ruiné, égoïste, qui, non content de me retirer sa parole, a contraint sa fille à vendre sa main contre le payement des dettes de la famille.

— Mais c'est un marché, cela!

— Un marché, auquel la pauvre enfant s'est soumise par respect filial. Peut-être en est-elle morte!...

— Et vous n'avez point cherché à savoir comment elle supportait ce sacrifice?

— A quoi bon?

— Par exemple!

— Son malheur... son bonheur... ne devaient-ils pas m'attrister également?

La tante Danielle sourit tristement en reconnaissant le *moi* humain, si impérieux, si illogique, dans ce cri de souffrance.

— Et pourtant vous ne paraissez ni oublieux, ni résigné.

— Puis-je oublier sa douceur, sa beauté et les larmes chaudes avec lesquelles elle a subi la rupture d'un engagement sacré?

— Elle a manqué d'énergie, mon cher enfant; elle devait résister...

— Oh! ne blâmez pas son admirable obéissance!... moi-même, je n'ose l'accuser.

— Etes-vous bien certain que la fortune ne l'ait pas éblouie?

— Savait-elle seulement ce que c'est que la fortune? Elevée simplement, sans mère, tout à Dieu et à ses devoirs, elle était bien au-dessus des calculs avides que je suis surpris péniblement de vous voir pressentir.

— Je le veux bien, fit la tante Danielle à qui cette exaltation aurait tant plu jadis et qui s'en trouvait quelque peu mécontente en cette occa-

sion; mais enfin, mon cher Armand, cette charmante fille, qui vous a sacrifié à son père, a suivi le
mari imposé qui lui offrait une vie large, opulente, honorée; il est naturel de croire qu'elle s'est
habituée à cette position différente de ses goûts et
qu'elle y trouve peut-être même des satisfactions
relatives.

Armand regarda sa vieille amie avec un désappointement non dissimulé. Ce n'était évidemment
pas là le genre de consolation qu'il attendait.

— Vous la calomniez, balbutia-t-il.

— Nullement. Il est vrai que je parle avec ma
raison;... c'est pourquoi je vous semble injuste.
Pourtant, soyons logiques. Cette jeune femme,
soumise et chrétienne, vous a pleuré; je crois voir
ses luttes filiales et, plus tard, sa tristesse se
prolonger, mais enfin les années ont coulé... car
il y a déjà des années, n'est-ce pas?

— Cinq ans.

— Cinq ans! c'est quelque chose comme un
demi-siècle pour une femme gâtée de la fortune;
elle est riche, très-riche sans doute?

— Deux millions, prononça sourdement le
jeune homme.

— Ah! mon pauvre ami!... Honnête, jolie et
millionnaire! mais il lui faudrait une mémoire
surhumaine pour n'avoir pas...

— Par grâce!.. votre insistance me fait mal.

— Je veux dire tout simplement que, si l'on
pouvait à cette heure interroger votre ancienne
fiancée, elle répondrait avec droiture : « J'ai beaucoup regretté M. de Torisan; le devoir à accomplir
m'a consolée; que ne tente-t-il de faire comme
moi, et de rendre sa vie utile? »

— Eh bien!... quand même la pauvre femme
sacrifiée me tiendrait ce langage impossible, que
faudrait-il donc en conclure?

— Que vous avez tort d'immoler plus longtemps votre jeunesse désillusionnée à un souvenir,
sacré sans doute, mais enfin à un souvenir.

La tante Danielle avait débité cette assertion
hasardée avec un tel désir de la voir prendre au
sérieux, que le côté faible de sa nouvelle théorie lui
échappait absolument.

Qui peut dire si les mânes du baron Rousseau ne tressaillirent pas en entendant une telle déclaration dans la bouche de la tante Danielle? Armand se leva et regarda la vieille fille tout au fond des yeux :

— Quoi! fit-il, c'est vous?... c'est bien vous qui me parlez de la sorte? vous qui me prêchez l'oubli du passé, quand toute votre vie se résume dans le culte des morts?

Mlle de Laurage rougit prodigieusement en s'apercevant de la volte-face inattendue qu'elle faisait faire à ses principes, pour les besoins d'une cause mystérieuse dont le sens échappait à son interlocuteur.

Toutefois, comme en sondant le moral affecté du jeune homme, elle songeait avant tout à sauver du naufrage d'un mariage vulgaire une enfant dont elle avait entrepris de faire le bonheur à sa façon, elle accepta un compromis avec sa conscience en se promettant tout bas de faire amende honorable à la mémoire du baron Rousseau.

Devenue subitement éloquente, elle entreprit

6

de démontrer à son protégé en quoi sa conduite, admirable en théorie, devenait défectueuse en pratique. Il se devait au monde, tout au moins à l'humanité, et sa farouche douleur insultait à la solidarité sociale.

Phrases superbes que M. de Torisan traduisait avec sagacité de cette prosaïque manière : « Mon enfant, je désire vous marier. » Il gardait le silence, mais son regard plein de franchise faisait clairement deviner à la vieille fille le peu de succès de sa harangue. On peut juger le dépit croissant qu'en éprouvait l'inflammable personne. Avec sa promptitude d'imagination, elle avait échafaudé sur le voyage du jeune homme à Saint-Onésime toute une série d'incidents, de projets et de décisions qui ne pouvaient manquer de se clore par l'expulsion complète de l'infortuné Emile Dollins.

Son roman s'écroulait déjà !... Avoir rêvé de si jolis arrangements de famille et de sentiment pour voir tomber son œuvre au premier acte !...

— Soit, dit-elle, avec humeur, et puissiez-vous, pour votre punition, ne pas vous repentir plus tard d'avoir côtoyé le bonheur, les yeux volontairement fermés.

— Permettez-moi de rester convaincu que, l'ayant rencontré, l'ayant perdu, je dois m'incliner sous la volonté souveraine, sans recommencer une recherche inutile, répondit simplement M. de Torisan.

La tante Danielle le regarda un instant, perdu dans ses souvenirs ; elle-même garda le silence ; un dédale de réflexions désenchantées s'offrait à son esprit. Elle entrevoyait que tout n'était pas rayons et fleurs à vouloir rendre les gens heureux malgré eux.

Un bruit de chevaux, de pas et de voix, lui fit relever la tête. A l'extrémité de l'allée couverte qui se prolongeait à travers bois, un groupe venait d'apparaître, qui s'avançait avec de joyeuses paroles et toute l'apparence de l'intimité.

C'étaient la comtesse d'Aringdale et lady Harriett, en amazones, montées sur deux magnifiques chevaux pur sang — le seul luxe de Chenocé — suivies de Jenny, qui babillait comme une pie, et d'Emile dont la colossale personne semblait tout à fait rassurée et réjouie.

On venait lentement; les chevaux, retenus par des mains délicates et expérimentées, marchaient de ce pas cadencé qui est une coquetterie des belles races. Un rayon de soleil, égaré entre les ramures, auréolisait la tête animée de lady Harriett et mettait un nimbe d'or sur les cheveux châtains de lady Suzanne.

Dans ce cadre vert, c'était un éblouissement que de la voir s'avancer ainsi, pâle, souriante, couronnée de soleil.

Armand de Torisan, qui s'était replongé dans ses méditations sans rivages, tourna vers le groupe ses yeux distraits.

Aussitôt, une stupéfaction sans pareille se peignit sur son visage. Ses paupières battirent; il bondit en avant en criant d'une voix vibrante :

— Suzanne !... est-il possible !... Suzanne ici !... Suzanne !

A ce cri, à cet appel, la comtesse arrêta sur M. de Torisan des yeux effarés, laissa échapper les rênes et glissa inanimée sur l'herbe du sentier.

La tante Danielle retrouva subitement son agilité printanière à cette chute dangereuse; elle était accourue près de la jeune femme avant que lady Harriett, empêchée par sa robe d'amazone, fût descendue de cheval.

Jenny était déjà à genoux dans l'herbe.

Émile retint au passage l'alezan qui fuyait.

Armand épouvanté se pencha vers lady Suzanne, écarta les tremblantes mains de Jenny, et souleva la tête pâle noyée dans les flots de cheveux déroulés.

L'évanouissement était complet. La tête se renversa sur le bras qui la soutenait et pas un souffle ne parut sortir des lèvres entr'ouvertes.

— Mon Dieu!... elle est morte! sanglota Jenny. Elle est morte!...

Armand lui jeta un regard sombre.

L'heure n'était pas aux mièvreries. Et les trois femmes affolées se consultaient pourtant des yeux sans savoir qu'entreprendre.

6.

— Hâtons-nous, dit M. de Torisan avec résolution. Place, je vous prie, Mademoiselle! Laissez-moi l'emporter.

— Où donc l'emporter? s'écria lady Harriett scandalisée.

Il se retourna à demi pour toiser celle qui osait s'opposer à son intervention dans un danger si grave, et, sans daigner répondre, d'un mouvement rapide il enleva lady Suzanne dans ses bras nerveux et marcha droit au cheval qu'Emile contenait avec peine.

Celui-ci comprit sans parole, et, tendant les bras pour recevoir à son tour le précieux fardeau, il attendit que M. de Torisan fût en selle pour y placer lady Suzanne. Alors Armand la soutint devant lui avec des soins de frère, tandis qu'Emile reprenait le cheval par la bride pour le conduire vers Chenocé.

Tout cela s'était fait si vite, avec une autorité si grande de la part d'Armand, que les spectateurs de cette scène invraisemblable en étaient encore muets de saisissement. Harriett qui, seule, avait tenté de protester contre l'intervention d'un étranger, subissait malgré elle l'ascendant de cet homme qu'on voyait pour la première fois et qui s'adjugeait des droits avec tant d'assurance.

Elle sentait, d'ailleurs, que l'heure était mal choisie pour des explications, qu'il fallait avant tout ramener sa belle-mère dans un lieu où elle pût recevoir d'indispensables soins, quitte à faire plus tard la part du mystérieux personnage, qui se permettait d'appeler la veuve de son père par son nom de « Suzanne. »

Quant à la tante Danielle, elle restait comme assommée par la foudroyante révélation que cet accident lui apportait. La Suzanne de Chencé et la Suzanne d'Armand de Torisan ne pouvaient être qu'une seule et même femme, et c'était elle, Danielle de Laurage, prédestinée toujours, qui amenait inopinément cette reconnaissance !

Jenny marchait près de sa tante, qu'elle accablait de questions, car sa petite tête ahurie ne concevait absolument rien à ce drame muet; mais la vieille fille ne répondait que par monosyllabes qui n'éclairaient pas la situation.

On n'était plus qu'à quelques portées de fusil de Chenocé. Le mouvement du cheval rendit peu à peu à lady Suzanne l'usage de ses sens. Elle entr'ouvrit les yeux sans parler, sans oser se demander à elle-même qui donc la soutenait ainsi ; elle referma ses paupières, se laissant bercer par le pas de sa monture, écoutant avec un trouble vague le battement du cœur contre lequel elle reposait. Quel rêve fantastique avait-elle fait ? où était la vision ?..... où était la réalité ?

VIII

Une situation difficile

Le souvenir revenait insensiblement à la jeune femme. Etait-ce lui, Armand de Torisan, qui avait jeté son nom aux échos du bois et s'était dressé devant elle comme le fantôme de son heureux passé? Etait-ce bien le fiancé dont l'avait éloignée la volonté paternelle et qu'elle croyait encore voyageant au loin? Elle avait toujours espéré que sa solitude, l'oubli où elle se confinait volontairement empêcheraient une rencontre, et voilà que cette conjecture redoutée se présentait, menaçante.

Le cheval s'arrêta devant le perron de Chenocé. Le paisible baron d'Exaudrille, gravement occupé à panser la patte blessée d'un de ses pigeons, poussa des cris d'effroi en reconnaissant sa nièce dans cette amazone évanouie qu'on ramenait avec précaution. Sa tendresse, jusque-là partagée entre sa nièce et ses ramiers, se manifesta, en cette circonstance, avec une intensité qui ne pouvait laisser aucun doute sur la supériorité de ses sentiments de famille, comparés à ceux qu'il portait à son cher petit monde emplumé.

Ses clameurs retentissantes dissipèrent les derniers brouillards qui voilaient encore les yeux et l'esprit de la jeune femme. Elle se souleva, et tendit au vieillard sa petite main en murmurant :

— Calmez-vous, cher oncle, ce n'est rien.

Armand eut un sourire radieux en entendant cette voix depuis si longtemps muette pour lui. Son bras, qui retenait la malade, s'écarta respectueusement pour l'aider à glisser jusqu'à terre qu'elle toucha en chancelant. Se raffermissant par un effort énergique, elle rejeta en arrière les cheveux dénoués qui inondaient son blanc visage.

— Mon oncle, dit-elle en désignant Armand par un geste timide, je viens de retrouver inopi-

nément et je vous présente M. de Torisan,...
un ancien ami de ma famille.

— Torisan! répéta le bonhomme dont la face
placide refléta le doute et la surprise..... Torisan!.... très-bien, très-bien..... Ah! monsieur....
monsieur de Torisan, je vous offre mes souhaits
de bienvenue.

— Le fait est, s'écria la tante Danielle, incapable de garder un plus long silence, que mon
cher Armand est arrivé tout à point pour aider
notre amazone que la chaleur..... ou une trop
longue course, sans doute, avait fatiguée, au point
de la faire évanouir près de nous.

— Oui, la chaleur..... répéta lentement lady
Suzanne; j'ai eu comme un éblouissement, et
puis, Monsieur, vous m'avez fait presque peur.

— Peur! fit le baron d'Exaudrille en exami-
nant sa nièce du coin de l'œil.

— J'ai eu le tort de me jeter au-devant de votre
cheval, dans la première irréflexion d'une reconnaissance bien inattendue..... bien inespérée!...
Madame, répliqua le jeune homme.

— Vous ignoriez donc la présence de la comtesse d'Aringdale à Chenocé?

— J'arrive de Russie, après avoir parcouru, depuis cinq ans, l'Amérique, l'Australie et les colonies françaises.

— Et ne vous en déplaise, Madame, c'est pour moi, sa vieille amie, que M. Armand de Torisan a entrepris le pèlerinage de Saint-Onésime.

— Nous nous en félicitons, Monsieur, reprit cordialement le baron d'Exaudrille en remarquant que sa nièce gardait une réserve absolue. Êtes-vous ici pour longtemps?

— Imaginez-vous qu'il menace de ne me donner qu'une ou deux journées? dit la tante Danielle avec reproche.

— Vous m'avez dit, chère amie, que vous sauriez bien m'inspirer le désir de m'attarder davantage. Vous avez réussi.

— Déjà?..... Vous êtes un aimable garçon, mon cher Armand, et surtout un garçon d'esprit! riposta Mlle de Laurage avec une pointe de malice; croyez que j'apprécie votre changement de résolution et vous en garde la reconnaissance qu'il mérite.

Armand était bien trop heureux pour remarquer le sarcasme, d'autant plus que, rassurée sur la santé de la jeune femme, toute la petite société avait gravi le perron et accepté l'hospitalité du grand salon.

Glaciale et presque dédaigneuse, lady Harriett promenait son regard dur de sa belle-mère au nouveau venu.

Sur un signe de lady Suzanne, James apporta une collation de gâteaux anglais et de fruits. Le vieux serviteur enveloppa le jeune homme d'un regard scrutateur, qui se tourna ensuite vers la comtesse d'Aringdale avec l'expression du reproche, comme s'il eût trouvé bien inopportune l'entrée au château d'un étranger de plus.

Harriett surprit ce coup d'œil tout en choisissant des raisins dans une corbeille, et se demanda une fois encore par quel singulier privilége sa belle-mère permettait à un domestique le contrôle implicite de sa conduite.

7

Lady Suzanne s'échappa quelques instants pour aller réparer le désordre de sa toilette. Armand, qui s'était abandonné jusque-là à la joie irréfléchie de retrouver, dans cette solitude, celle qu'il croyait livrée à tous les enivrements du luxe et de la haute vie anglaise, éprouva un vif soulagement en la voyant reparaître bientôt dans une robe noire encore, comme celle qu'elle venait de quitter, nuance austère qui faisait resplendir la nacre lumineuse de son teint, et seule toujours.

— Elle est veuve ! pensa M. de Torisan.

Par contenance, on égrenait quelques belles grappes de raisin. Lady Suzanne essayait vainement de prêcher d'exemple. Harriett étudiait et songeait. La tante Danielle éprouvait un dépit assez vif pour que le moindre petit gâteau ne pût passer à sa gorge serrée. Jenny, dont la petite cervelle surexcitée commençait à entrevoir une suite au roman douloureux de l'étranger, devina bien que la maison du notaire, contenant et contenu, n'était pour rien dans son subit désir d'y prolonger son séjour ; aussi, jugeant que ce monsieur sombre était décidément moins intéressant qu'on ne l'aurait cru d'abord, elle se mit avec vaillance à enfoncer ses dents mignonnes dans la sèche pâtisserie anglaise. Émile était si fort soulagé par la tournure que semblaient prendre les événements, qu'il engloutit une douzaine de croquettes. Il va sans dire que, suivant un usage légendaire, Armand n'accepta qu'un verre d'eau.

Si M. de Torisan, informé du veuvage et du séjour de la comtesse d'Aringdale à Chenocé, eût désiré être introduit près d'elle pour renouer la chaîne interrompue du passé, il n'aurait jamais découvert un moyen d'y parvenir plus simple, plus convenable et plus complet que celui qui venait de lui être fourni, par le hasard d'une promenade, dans cette bienheureuse journée.

L'accident de lady Suzanne supprimait en grande partie l'étiquette entre les divers personnages réunis au château, sans compter qu'il ouvrait à Armand une porte toute naturelle pour s'y représenter. Ne faudrait-il pas s'informer, dès le lendemain, si cette secousse n'avait pas eu de suites pénibles pour la jeune femme ?

Aussi, lorsque la tante Danielle, jugeant avoir assez fait, ce jour-là, pour la consolation de son protégé, donna le signal de la retraite, M. de Torisan, malgré son ignorance de tout ce qui touchait lady Aringdale, prit congé avec le ferme espoir d'avoir enfin attendri la Providence, si sévère pour lui jusqu'alors.

Son premier mot, en se retrouvant sur la route, fut la plus logique des interrogations :

— Le comte d'Aringdale est mort, n'est-ce pas ?

— Le comte d'Aringdale est mort ! répondit la tante Danielle avec gravité, afin de prévenir toute exclamation d'un goût douteux.

Mais elle n'avait rien de semblable à craindre de la part d'Armand, qui n'ajouta pas une parole et marcha, recueilli, près d'elle.

Lady Harriett suivit longtemps des yeux le groupe de promeneurs qui regagnait Saint-Onésime. Elle semblait plongée dans une rêverie absorbante, point triste cependant, car le clair rayon d'une agréable pensée illuminait son visage.

Lorsque la dernière silhouette se fut effacée au bout de la grande avenue, elle se détourna avec un geste de lassitude, comme si rien ne l'intéressait plus de ce côté, et s'assit près de lady Suzanne, dont l'émotion refoulée s'apaisait par degrés.

La pauvre jeune femme, depuis si longtemps privée de toutes joies, avait cédé à la surprise, à l'entraînement du souvenir, à la force des circonstances aussi, en accueillant cet ami des anciens jours. Pouvait-elle agir autrement, du reste, devant les yeux curieux qui assistaient à cette scène inattendue? Elle ne pouvait donc se reprocher d'avoir introduit, presqu'à son insu, M. de Torisan à Chenocé; elle n'en avait pas vu les conséquences inévitables, elle n'était déjà plus maîtresse de revenir sur le pas qui venait d'être fait. Ce qu'elle se reprochait vaguement, comme une faute, c'était de ne s'être pas mieux défendue, dans le fond de son âme, contre la première sensation heureuse qui venait sourire à sa sérieuse vie.

Son front penché, son visage attendri disaient quelque chose de cette lutte secrète, dont Harriett, assise devant elle, suivit quelques minutes les progrès et l'apaisement.

Elle se donna ensuite la petite satisfaction d'un interrogatoire sur le passé, le présent, l'apparition de cet ami retrouvé. Elle fut incisive, mordante, raillant à la fois la tante Danielle qui paraissait faire sortir son protégé d'une boite à surprise, le jeune homme qui levait les bras au ciel comme un héros de mélodrame, et sa belle-mère elle-même qui avait su tomber de cheval avec la grâce d'une artiste en représentation.

Lady Suzanne répondit avec simplicité à la partie interrogative, qu'élevés dans un commun voisinage, M. de Torisan avait éprouvé comme elle du plaisir de cette rencontre, qu'elle l'avait perdu de vue, ayant habité l'Angleterre pendant qu'il voyageait au loin, et que son passage à Saint-Onésime lui laisserait un agréable souvenir. Ce

fut tout. Elle se borna à sourire aux fantaisies sa-
tiriques de la moqueuse jeune fille.

Leur attention fut, du reste, détournée par une
sorte d'altercation qui semblait s'être élevée dans
l'avenue, entre James et le facteur de Saint-
Onésime. Le fonctionnaire de la poste, fort de son
mandat, voulait contraindre James à recevoir un
volumineux paquet dont il lui faisait lire l'adresse.
Le serviteur, sans vouloir rien entendre, s'obsti-
nait à refuser ce dépôt.

Lady Harriett, qui paraissait s'intéresser à ce
petit débat, ouvrit tout à coup la fenêtre et ordonna
brièvement à James de lui apporter le paquet.
Celui-ci obéit avec une répugnance si véritable que
lady Suzanne, frappée de cette attitude, tendit la
main, à son entrée, avec une vivacité qui n'était
pas dans sa nature, pour recevoir les papiers.

Mais déjà Harriett, bondissant au devant de
James, lui avait enlevé le paquet, dont l'enveloppe
déchirée laissa s'éparpiller sur la table de nombreux numéros du *Times*, du *Daily Telegraph*
et du *Morning Herald*.

— Qu'est cela? s'écria lady Suzanne.

— Des journaux de mon pays.

— Des journaux anglais!...

— Vous le voyez. J'ai pris le parti de m'abonner à votre insu, Milady, puisque vous persistiez, malgré mes demandes réitérées, depuis bientôt un an, à me refuser cette légère distraction... me voilà satisfaite!... non-seulement des nouvelles fraîches, mais encore des numéros déjà anciens, qui vont me mettre au courant de tout ce que doit savoir une bonne Anglaise sur la politique et les événements de la Grande-Bretagne.

— Cette autorisation, Harriett, je persiste à vous la refuser.

— Ah! par exemple! quand j'ai là... sous ma main...

— J'ai des raisons sérieuses, croyez-le... oh! bien sérieuses pour persévérer dans ma ligne de conduite.

Lady Harriett eut un éclat de rire sonore et prolongé.

— A votre aise, Milady, dit-elle. Persistez à défendre; moi, je m'insurge. Si vous trouvez agréable de vivre en sauvage, sans rien apprendre, sans rien savoir — notre gracieuse reine viendrait à mourir que je l'ignorerais parfaitement — sans autre lecture que l'Evangile pour vous, la Bible pour moi, et quelques revues littéraires, je dois vous dire que je ne partage pas ce goût frénétique de recueillement. Je veux être au courant des choses du jour... et j'y serai.

Lady Suzanne réunit sous sa main tremblante de contrainte les feuilles anglaises disséminées sur le marbre. On eût dit que leur seule vue lui faisait mal.

— J'ai peut-être exagéré; quant aux journaux de France, fit-elle doucement, nous en recevrons quelques-uns si cela vous paraît si désirable; mais je vous demande de renoncer aux publications anglaises.

— Vous les trouvez immorales, peut-être?

— Non pas, je désire seulement que rien ici

7.

ne rappelle la patrie d'adoption, où j'ai tant souffert.

— Ceci est facile à concilier avec mon inclination. Je les recevrai seule.

— Je vous répète, Harriett, que la presse de Londres ne doit pas entrer dans cette maison. Voulez-vous m'obliger à vous dire formellement que je m'y oppose?

Harriett se rapprocha violemment de sa belle-mère. On voyait la colère, la rancune, mille sentiments mauvais imprimer leurs griffes sauvages sur son visage altier.

— C'est de la tyrannie! s'écria-t-elle, mes plus innocentes fantaisies se heurtent à vos caprices! Vous avez encore quelque raison mystérieuse comme toutes celles qui vous font agir et dont il est impossible d'obtenir une explication. Il m'en faut une cependant, ou je ne céderai pas!

Lady Suzanne, blanche et froide, fit quelques pas pour se retirer. Harriett, dont l'audace croissait avec le silence de sa belle-mère, se jeta devant elle, en affirmant qu'il lui fallait enfin le pourquoi de tant d'énigmes et qu'elle saurait bien l'obtenir.

Une hésitation cruelle se peignait sur les traits altérés de la jeune femme, qu'on pouvait accuser de faiblesse et qui semblait répugner également à parler et à agir.

— Je ne vous dois aucune explication, dit-elle enfin; contentez-vous de croire que j'agis pour votre repos... pour votre tranquillité.

— Puisque votre autorité devient du despotisme, Milady, je la brave!

Et elle fit un pas en avant, la main tendue.

La comtesse eut un frémissement; ses yeux s'élevèrent comme pour chercher dans une région plus haute l'absolution de ses actes inexpliqués, et, d'un mouvement rapide, elle déchira en quatre les journaux de Londres.

Lady Harriett jeta un cri de rage et se précipita sur les débris, mais déjà James, qui venait de rentrer, sans être sonné, les faisait disparaître dans les larges poches de sa veste.

Ces trois personnes s'envisagèrent une minute avec des physionomies troublées où se peignaient leurs sentiments divers. Harriett, la plus résolue, la plus emportée, comprenait enfin qu'elle pourrait blesser, torturer sa belle-mère, mais la briser, jamais. Cette faiblesse apparente cachait une volonté arrêtée, qu'il fallait tourner avec adresse et ne plus attaquer de front. En cette minute lucide, elle renonça à rien obtenir de haute lutte et appela passionément la vengeance. Oh! se venger!... cette pensée si pleine d'espérances mauvaises ramena sur ses lèvres hautaines un sourire dédaigneux.

— Mes pauvres journaux! fit-elle en haussant les épaules avec pitié.

Et, comme une reine, elle sortit.

James resta debout devant sa maîtresse, les mains enfoncées dans ses poches, comme pour y mieux garder les lambeaux du *Times* et du *Morning Herald*

— La cruelle enfant! soupira amèrement lady Suzanne.

— Dites plutôt, Milady, la dangereuse fille.

— James !

— Excusez-moi, Milady ; lady Harriet me fait peur. C'est par elle que le malheur nous viendra. Pourquoi l'avoir laissée vous rejoindre ici ?

— Pouvais-je m'y opposer, sans exciter sa méfiance toujours en éveil ?

— Il n'en est pas moins vrai que sa présence redouble vos inquiétudes, accroît le danger de la situation et que, malgré toute notre surveillance, il ne faudrait qu'un instant pour la mettre sur la trace...

— Cette crainte empoisonne mon existence.

—· Et même, sans aller aussi loin, il arrive ce qui devait arriver. Lady Harriett Holygood s'ennuie, fait des projets, parle de tout bouleverser à Chenocé ; hier encore elle m'a interrogé sur la Tour-aux-Lierres !...

— Miséricorde ! la Tour-aux-Lierres !...

— Elle y veut installer un oratoire pour s'y retirer quelques heures, le dimanche, dans le recueillement, à défaut du temple évangélique qui n'existe pas dans ce pays.

— Qu'avez-vous répondu?

— Que la tour est fort délabrée à l'intérieur, et qu'il ne serait même pas sans danger de s'y aventurer. Elle n'a pas insisté.

— Hélas! quel abîme nous côtoyons sans cesse!... ces journaux, tout à l'heure encore, m'ont causé une terreur! certes, ils pouvaient ne contenir aucune allusion, mais il n'eût fallu qu'un mot, qu'un souvenir évoqué pour détruire l'œuvre à laquelle je consacre ma vie.

— Vous succomberez à la tâche, Milady; permettez-moi de vous le dire une fois de plus. Permettez-moi de chercher quelque nouvelle combinaison pour essayer de vous rendre la tranquillité.

— Rien n'est possible, James, rien, en-dehors de ce que nous avons tenté.

— Encore faudrait-il une espérance. Chaque jour, au contraire, rend nos difficultés plus grandes.

— Et me fait compter davantage sur votre dévouement.

— Il est tout entier au service de Milady.

— Je le sais, James, ah! cette vie est horrible!... mais je ne la déserterai pas.

James regarda avec une respectueuse admiration la jeune femme dont le front semblait éclairé
d'une auréole de foi, et, sentant lui-même toute
l'inutilité d'observations nouvelles, il se retira en
branlant sa tête rousse d'un air découragé.

IX

Les projets de M. de Torisan

Le repas du soir, chez M. Champlin fut rempli du récit mouvementé des accidents et des surprises de la promenade. Armand avait beaucoup à apprendre sur lady Suzanne, qu'il avait dépeinte, avec une convenance parfaite « une ancienne voisine de campagne, qu'il ne soupçonnait pas de retour en France. »

— Ah! fit le notaire avec un petit sourire malicieux, c'est que cette jeune dame ne raconte pas volontiers ses projets ni ses affaires. Voilà une veuve qui a pris son deuil au tragique plus qu'aucune autre. Deux ans de larmes, de retraite, pas de distractions, à peine une visite. Le comte d'Aringdale devait être le modèle des maris.

Armand réprima l'amertume involontaire de son sourire.

— Soixante-cinq ans, répondit-il, une maigreur qui touchait au désossement, de la calvitie, voilà pour le physique. De l'égoïsme, de la roideur, de l'absolutisme, quelques-uns disent : de la brutalité,... voilà pour le moral.

— Très-flatteur, en vérité. Quoi qu'il en soit, douleur réelle ou exagération, la comtesse surprend tout le pays par le choix qu'elle a fait de Chenocé, sa réserve, son petit train de maison et le mystère qui l'entoure.

— Quel mystère?... il y a un mystère? interrogea Armand avec avidité.

— On le dit, répondit Emile qui n'était pas fâché de causer à son tour un peu d'angoisse au bel étranger. D'ailleurs, tout est mystérieux à Chenocé : deux uniques serviteurs, dont l'un ne parle pas notre langue, et dont l'autre cumule les fonctions de valet de chambre, de cocher, de palefrenier, de jardinier, de gardien; un parc qui est une forêt: un château à demi-inhabité, où on a vu, la nuit, courir des lumières...

— Grand Dieu!... vous me faites peur! frissonna Jenny.

— En ce cas, je m'arrête.

— Non pas, fit la tante Danielle; cela devient très-amusant; cela ressemble, comme début à je ne sais plus quel roman de mistress Braddon.

— On raconte même — des villageois l'affirment — que parfois, pendant les belles nuits d'été, en revenant du braconnage, le long du parc, ils ont entendu des pas et des voix dans les taillis.

— D'autres braconniers, sans doute.

— Point : des voix masculines, une langue étrangère, de l'anglais très-probablement.

— Eh bien ! c'est le vieil oncle... et plutôt encore le domestique.

— Le baron d'Exaudrille, toujours couché avec le soleil, ou à peu près, ne parle pas gnalais. La voix de James est plus rude.

— Ce sont alors des visiteurs, dit le notaire.

— Les paysans curieux interrogèrent, épièrent.

Aucun étranger n'était venu au château; personne n'en était reparti.

— Vous allez voir que ce sont des revenants, dit la tante Danielle.

— Je ne crois pas précisément que ce soit dans le monde des morts qu'il faille classer les promeneurs nocturnes du parc de Chenocé. M. le maire, cherchant une explication raisonnable à ces rumeurs, me disait supposer le passage secret au château de quelques amis politiques du baron d'Exaudrille, dont les antécédents de conspirateur légitimiste sont bien connus du gouvernement.

— Bon! exclama Mlle de Laurage; à qui ferez-vous croire, M. Dollins, que ce digne petit vieillard, inoffensif et distrait, soit un perturbateur de l'ordre public?... et surtout que ses amis soient obligés, pour ne pas porter ombrage au gouvernement im périal, de le visiter en cachette

— Je raconte, Mademoiselle, je ne préjuge pas. Du reste, je préfère encore cette version, quelqu'improbable qu'elle soit, aux histoires de fantômes qui ont cours dans le village.

— Je conclus de tout cela, dit plaisamment le notaire, que nos paysans, tremblant d'être pris en délit de braconnage, ont entendu marcher leur ombre, et pris pour langage inconnu ce qui n'était vraisemblablement que du français de Touraine, c'est-à-dire le meilleur.

Cette conversation laissa rêveur M. de Torisan. C'était une ombre — la première — jetée sur le radieux tableau de ses illusions ressuscitées.

Dès le lendemain, de très-bonne heure, il se leva sans bruit, ouvrit la belle grille à lances dorées et s'aventura seul dans le village, où tout était éveillé depuis l'aube, poules et gens. Il suivit à pas lents l'unique rue, regardant autour de lui avec l'attention d'un homme en quête d'un objet rare. Les ménagères sur le seuil de leurs portes, les enfants par-dessus la haie des jardins, le regardaient avec étonnement, car les messieurs qui traversaient Saint-Onésime au moment de la chasse ne soumettaient pas leur maisonnette à un examen aussi attentif.

Il est probable que M. de Torisan ne découvrait pas ce qu'il cherchait, car il hâta le pas d'un air contrarié et se trouva bientôt en-dehors du village, sur la grande route poudreuse. A une portée de fusil de la dernière chaumière, s'élevait une petite maison blanche, à un seul étage, dont les persiennes grises étaient entr'ouvertes; un jardinet tout autour; des fleurs qui grimpaient à un treillage primitif. Si ce n'était pas précisément le rêve de Jean-Jacques, c'était du moins une installation champêtre qui ne manquait pas, dans son exiguité, d'une certaine grâce rustique.

Armand s'arrêta à la considérer, si longtemps même, qu'une bonne femme en entr'ouvrit la porte et s'avança vers lui avec un large sourire.

— Monsieur est sans doute le monsieur d'Auxonne qui devait venir? demanda-t-elle en si bon français qu'Armand ne put s'empêcher de penser que cette villageoise-là ne prendrait certes pas le tourangeau pour de l'anglais.

Sur sa réponse négative, elle parut désappointée et se retira lentement, puis se ravisant tout-à-

coup, elle fit une volte-face et reprit en élar-
gissant encore son sourire :

— J'avais cru que la maison plaisait à Monsieur, ou que Monsieur était envoyé par le monsieur d'Auxonne pour examiner la maison.

— Elle est à vendre? interrogea-t-il.

— Ou à louer, Monsieur; ce qui est plus difficile, quoiqu'elle soit gentille et propre,... et pas
chère, mais, dans notre pays, on vend encore plus
qu'on ne loue.

— Il se pourrait pourtant qu'elle me convînt,
votre maisonnette.

— Ah!... si Monsieur est une concurrence au
monsieur d'Auxonne! c'est bien différent.

— Oui,... aussi dépêchons-nous de visiter; il
n'aurait qu'à venir.

— Mon Dieu! je préférerais certainement Monsieur, qui me paraît être seul, que le monsieur
d'Auxonne qui viendrait ici pour rétablir des
enfants malades... et vous sentez,... des enfants,
cela gâte un appartement et bouleverse un jardin,
que c'est une pitié!...

— C'est très-juste.

— Monsieur sait que j'étais en marché pour 250 francs.

— Va pour 250 francs, répondit Armand avec une facilité qui inspira immédiatement à la vieille femme le regret très-vif de n'avoir pas demandé cent écus.

Elle guida aussitôt son locataire inattendu dans son petit domaine en lui faisant observer que la mort de son mari, ancien instituteur de la commune, l'empêchait seule de conserver cet immeuble qu'ils avaient fait élever sur leurs économies.

En pénétrant au rez-de-chaussée, elle expliqua que le monsieur d'Auxonne devait lui permettre, sur le prix de location, de conserver pour son usage personnel la cuisine et le grand cabinet y attenant.

Armand, tout en jugeant que le monsieur susdit devait être d'un excellent naturel, ne trouva pas à propos de protester pour son propre compte, car cet arrangement lui donnerait une concierge.

Enhardie par ce silence, la veuve de l'instituteur, qui était une femme habile, laissa clairement entendre qu'elle perdait encore à ne pas louer
au monsieur d'Auxonne, lequel avait promis de
lui confier la confection des repas de la famille.
Cette insinuation fut couronnée d'un éclatant
succès. Eclairé d'une lueur soudaine, Armand
reconnut tous les services que cette situation
domestique pouvait lui rendre, en lui permettant
de trouver à la petite maison l'indispensable
de la vie matérielle, tout en lui conservant une
indépendance absolue et le maintenant à une
courte distance de Bellevue et de Chenocé.

Ne pas s'éloigner!... Ce désir l'obsédait depuis
la veille, depuis qu'un mot de la tante Danielle,
en lui apprenant la mort de lord Holygood, comte
d'Aringdale, avait ouvert à ses rêves les plus heureux horizons. Repartir maintenant, reprendre
ces voyages sans but, rentrer dans la maison
déserte de son enfance, rien de cela ne lui était
plus possible. S'exposer à perdre encore, par sa
faute, l'espoir le plus légitime, providentiellement

s

retrouvé, c'était une imprudence qu'il ne voulait pas commettre. On lui avait arraché, une fois déjà, cette fiancée choisie, cette Suzanne si vertueuse et si charmante; mais l'obstacle avait disparu; il ne permettrait plus au hasard, aux circonstances de s'interposer de nouveau entre eux.

Tout rempli de ses impressions souriantes, il rentra à Bellevue, chercha sa vieille amie, déjà investie de la charge de confidente, et l'initia à ses récentes décisions. Il avait loué une maisonnette, afin d'y passer la fin de la belle saison, interroger discrètement la comtesse d'Aringdale sur les motifs de sa retraite absolue, la faire ressouvenir de leurs chers projets d'autrefois et l'amener doucement à les partager.

Tout cela était convenable, naturel, d'une exécution facile et ne pouvait manquer d'obtenir l'approbation de la tante Danielle. Il faut avouer cependant que tout en se réjouissant de garder son protégé près d'elle, tout en s'enorgueillissant de jouer le rôle de la Providence, elle ne pouvait se défendre d'un secret dépit contre la châtelaine de Chenocé, dont les petites mains rompaient innocemment la trame sentimentale qu'elle avait imaginé d'ourdir en faveur de sa nièce.

Courageusement, elle imposa silence à ses regrets et voulut voir sur l'heure ce qu'elle appela la « chaumière » de son cher enfant, afin d'y faire transporter les objets les plus indispensables et veiller à son installation.

Quoique un peu surpris de cette résolution brusque, M. Champlin adressa de cordiales félicitations à son hôte d'un jour, pour avoir eu l'aimable pensée de prolonger sa présence dans leur belle vallée bourguignonne. Il se demanda bien un peu ce qui avait pu motiver ce revirement si complet, ne trouva pas tout de suite et ne se rompit pas la tête à chercher. Au fond, peu importait au digne homme qui avait gagné dans la vie des champs une placidité moutonnière et un égoïsme naïf.

Emile Dolling eût été quelque peu contrarié, la veille, s'il eût appris que ce beau rêveur fixait sa résidence d'automne à Saint-Onésime. Heureusement pour le pauvre garçon, menacé par l'ostracisme de la tante Danielle, il avait entrevu à Chenocé les vestiges d'un petit drame intime et se sentait suffisamment rassuré.

X

Au cœur de la place

M. de Torisan eut la patience très-méritoire d'attendre jusqu'à trois heures de l'après-midi pour se présenter à Chenocé; l'effort avait été si grand que, ne se sentant plus capable de le soutenir davantage, malgré une chaleur tropicale, il enfila bravement la grande avenue du château.

L'extrémité de cette avenue se confondait avec le parc dont l'inextricable fouillis de verdure s'étendait jusqu'à l'antique cour d'honneur. Sous l'ombre des vieux catalpas, bien en vue des coquets treillages modernes de son pigeonnier, le baron d'Exaudrille avait transporté un grand fauteuil rustique et son livre favori. Est-il besoin de

8.

dire que ledit ouvrage était un traité spécial de l'éducation des pigeons?

Tentée par la fraîcheur, lady Suzanne était venue rejoindre son oncle avec sa corbeille de travail, ravissante coquille de nacre et de soie d'où s'échappaient des brindilles de laine. Une table servait de support à cet étalage mignon : pelote rose, étui d'ivoire, dé d'or, ciseaux microscopiques pour découper les fines broderies.

Elle avait beaucoup de distractions, la jeune femme, en se livrant à cette délicate opération, car les ciseaux mordaient imprudemment la batiste. Une fois surtout ce fut un massacre; tout un rang de festons tomba sacrifié : lady Suzanne venait d'apercevoir Armand debout à quelques pas, attendant un regard pour saluer.

Depuis la veille et dans une longue conversation avec sa nièce, le baron d'Exaudrille avait rafraîchi ses souvenirs au sujet des rapports, qui avaient failli devenir des liens de famille, entre le père de la comtesse, la jeune femme et M. de Torisan.

Son accueil se ressentit naturellement de ces
souvenirs évoqués, bien que, par leur nature
même, ils nécessitassent une grande réserve. Il
se montra ce qu'il était dans l'intimité, un excellent vieillard, un peu maniaque, dont l'intelligence, qui n'avait jamais jeté un bien vif éclat,
s'éteignait doucement dans la quiétude d'une vie
végétative. Il était, en somme, parfaitement heureux entre sa nièce qu'il admirait en toutes choses,
lady Harriett qu'il redoutait juste assez pour ne la
contredire en rien, et la grande passion de son
célibat volontaire : les pigeons.

Une nuit de réflexions avait rendu à lady Suzanne le calme qui la fuyait la veille et la lucidité
de vues qui lui avait d'abord fait défaut. Elle se
montra gracieuse avec une nuance de gravité,
sans paraître entrevoir que tout ne devait pas se
borner entre elle et M. de Torisan à une reconnaissance et à une visite.

À vrai dire, Armand fut un peu déconcerté de
cette froideur déguisée sous le savoir-vivre de la
maîtresse de maison. Il attendait mieux de l'évo-

cation du passé et ses yeux tristes semblaient le reprocher.

Sans le voir, ou peut-être en le remarquant péniblement, la comtesse d'Aringdale fit habilement glisser la conversation dans le domaine des généralités, sans lui laisser reprendre une allure plus personnelle.

Lady Harriett avait apporté dans le petit groupe sa part de bonne humeur. Elle était, ce jour-là, plus expansive que de coutume, et, bien loin de paraître se souvenir de la cruelle scène de la veille avec sa belle-mère, sa rancune savait revêtir toutes les formes et sourire entre deux morsures.

Vainement M. de Torisan attendit une interrogation sur son départ, une allusion à la durée probable de son séjour; rien ne tomba des lèvres sérieuses de la jeune femme, dont l'attitude demeura si réservée qu'il prit congé sans oser avouer encore son intention de passer à Saint-Onésime un temps que lui-même ne pouvait préciser.

Le pauvre garçon reprit le chemin de sa maisonnette en se demandant avec inquiétude si la vie anglaise avait refroidi cette affection d'enfance, ces rêves de jeunesse qu'il avait espéré reprendre au point précis où les avait rompus la cruelle volonté d'un père.

Mme Servin, la veuve de l'instituteur, l'attendait avec un petit dîner modeste et confortable qui prouvait que l'enseignement primaire ne lui avait nullement fait négliger son talent de cordon bleu. Armand, malgré les instances du notaire, avait voulu inaugurer ce jour même ce qu'il appelait sa fantaisie de villégiature, tout en promettant d'aller souvent s'asseoir à l'hospitalière table de Bellevue.

Toutefois, il fit médiocrement honneur au poulet rôti et à la carpe de Saône au bleu que lui servit la vieille femme dans une salle à manger proprette, dont six chaises de paille et un buffet de noyer composaient tout le mobilier. La chambre à coucher s'ouvrait tout à côté, riante, avec des rideaux blancs, une petite glace et une belle vierge de

plâtre, qui faisait pendant à un spécimen calligra-
phique dû à la plume ingénieuse de feu Servin.
Enfin, le portrait peu flatté de la maîtresse de céans
trônait en face de la cheminée dans un cadre doré
voilé de mousseline.

— Hein?... serez-vous bien ici, Monsieur?
demanda la bonne dame en écartant la mousseline par un geste plein de prestesse et d'habileté.

— Un vrai petit paradis, Madame, répondit
poliment le jeune homme, en accordant un regard
admirateur à la criante peinture dont tout voile
avait disparu.

Flattée dans son amour-propre de femme et de
propriétaire, la veuve de l'instituteur se retira en
bénissant la bonne étoile qui lui envoyait un locataire aussi distingué.

La tante Danielle qui, de son côté, avait fait
une visite à Chenocé pour prendre des nouvelles
de lady Suzanne, l'avait trouvée plus agitée que
satisfaite, ce dont elle n'augura pas trop mal.
Après tout, il ne fallait pas encore désespérer :

les femmes avaient des caprices, les hommes, des dépits, les fillettes, des idées changeantes; elle seule, brouillonne par essence et illogique par nature, se sentait capable de démêler l'écheveau qu'il lui plaisait assez de voir embroussaillé.

— Je commence vraiment à m'amuser ici, Pierre, disait-elle à son fidèle valet de chambre qui, lui, ne s'amusait pas du tout.

— J'en félicite Mademoiselle, répondait invariablement le bonhomme ; je n'ai pas le bonheur d'éprouver la même impression dans ce pays.

— C'est que tu n'es pas livré aux combinaisons qui m'absorbent.

— Ce doit être cela, Mademoiselle ; en effet, nous ne faisons aucune combinaison à l'office. Me serait-il permis de demander à Mademoiselle si le devoir qui avait amené Mademoiselle à Saint-Onésime est bien près d'être rempli ?

— Oui... c'est-à-dire... enfin, j'y travaille, va, mon ami, j'y travaille; mais quelques complications peuvent nous retarder un peu.

Ces complications, majeures en effet, s'appe-

laient lady Suzanne et Emile Dollins. On ne pouvait soupçonner ce que ce *rustre* et cette *quakeresse* causaient de tourments à la bizarre fille.
Contrainte d'épier et d'attendre un peu plus de
netteté dans les événements, elle prenait un certain plaisir à tenter de les diriger. C'est ainsi
qu'Armand reçut de sa vieille amie le conseil
d'avouer carrément son installation à Saint-Onésime afin d'étudier l'effet que cette résolution
produirait à Chenocé.

C'était le soir, la pluie tombait par giboulées
fantasques, M. de Torisan attendait qu'un peu
d'intervalle dans les ondées lui permît de se retirer. Il venait de suivre le conseil de la tante Danielle; il avait avoué, en rougissant comme un
coupable, être devenu, lui aussi, un habitant provisoire de ce riant coin de terre. Si l'obscurité
tombant alors dans le grand salon de Chenocé lui
avait permis d'interroger la physionomie de ses
auditeurs, il aurait été surpris de voir, à cette
révélation, un même embarras s'emparer des
jeux deunes femmes et un malicieux sou-

rire passer sur les bonnes grosses lèvres du baron.

Il n'espérait intéresser que lady Suzanne et voilà que le vieil oncle, devenant causeur, se fit raconter en détail le plan de la maisonnette, la grandeur du jardinet et jusqu'au nombre des rosiers; tandis qu'Harriett, d'une voix coquettement agressive, le félicitait de préférer bourgeoisement la Bourgogne au Caucase ou à l'Australie.

James apporta des lampes. Ce fut seulement alors que le jeune homme put chercher à deviner sur le visage de lady Suzanne l'impression qu'elle pouvait ressentir. Elle était très-pâle, une expression désolée s'étendait comme un voile sur tous ses traits, dont pas un muscle ne tressaillit. Depuis la confidence d'Armand, elle n'avait pas ouvert la bouche. C'était à croire qu'elle n'avait rien entendu, rien deviné. Mais ce silence, cette attitude disaient mieux qu'un long discours la désapprobation qu'elle infligeait à cet accès de misanthropie ou d'espérance.

Armand en fut atterré.

9

A peine la lumière eut-elle été placée sur la table, que la comtesse prit une broderie et se mit à tirer l'aiguille avec activité. On sentait la fièvre dans les agiles mouvements de ses mains mignonnes.

Lady Harriett, loin d'imiter cet exemple, rapprocha sa chaise basse, appuya sur la table son long bras, d'une maigreur tout à fait aristocratique, et entreprit avec M. de Torisan une lutte courtoise à propos des Anglais et de l'Angleterre, de la France et des habitants de Saint-Onésime en particulier. Jusque là elle avait été suffisamment spirituelle; en peignant la naïveté gracieuse de Jenny, l'égoïsme bonhomme du notaire, la comique exaltation de la tante Danielle, elle trouva des mots heureux quoique piquants, qui égratignaient juste assez pour faire sourire les auditeurs sans trop faire saigner les sacrifiés.

Armand défendait ses amis de Bellevue avec une gaieté contrainte, que le silence persistant de lady Suzanne ne modifiait pas. Il se sentit peu à peu gagner par le malaise qu'engendrait ce silence; il eût voulu partir et la pluie tombait toujours.

James était venu deux fois prendre à voix basse, près de la châtelaine, des ordres que personne n'entendit. Une sorte d'impatience finit par devenir visible sur ce front pâle qui se contraignait à l'impassibilité.

Armand vit tout cela et, sans en comprendre la cause, il en souffrit assez pour brusquer sa sortie. Si du moins il avait emporté une bonne parole, il eût bravé de bien meilleur cœur la pluie diluvienne et la nuit noire; bien au contraire, au moment où il s'inclinait devant lady Suzanne, il l'entendit murmurer d'une voix brève :

— Vous renoncerez à rester ici, Monsieur.

Il la regarda avec surprise, avec douleur, hésita, puis répondit à voix basse, d'un accent plein de fermeté :

— Je serai toujours désormais où vous serez, Madame.

Un frisson courut sur son blanc visage; elle abaissa ses yeux suppliants et salua avec une simplicité exquise, comme s'il ne venait pas de s'échanger entre eux une prière inutile et une menace indirecte.

M. de Torisan se jeta à l'aveugle dans l'avenue détrempée, passa en quelques instants de l'état d'éponge à celui de gouttière, et fit jeter des cris de compassion à M⁰⁰ Servin qui le débarrassa de son paletot.

— Monsieur est percé jusqu'aux os, Monsieur pouvait bien attendre la fin de la trombe — car c'était une vraie trombe ! Monsieur allait gagner une pleurésie. Si Monsieur était raisonnable, il prendrait un grand verre de vin chaud et se mettrait au lit. Ce serait le meilleur moyen d'épargner à Monsieur les suites probables de son imprudence.

Armand n'entendait ni les doléances ni les conseils de l'officieuse personne. Il transporta dans sa chambre la petite inondation que provoquait son passage, sans se mettre en peine du dommage qui pouvait en résulter pour sa santé et pour son parquet.

Pourquoi donc la prolongation de son séjour à Saint-Onésime paraissait-elle causer à Suzanne une secrète terreur? N'était-elle donc plus la chère et franche Suzanne d'autrefois?

Cette question, ce doute, remplirent de fièvre une nuit d'insomnie à laquelle sa promenade aquatique de la soirée n'était peut-être pas étrangère.

XI

Sifflements de vipère

Armand se leva le lendemain, brisé, attristé, le corps malade et l'âme inquiète. Malgré lui, les ridicules propos des villageois, les commentaires du notaire, les explications vagues de M. Dollins lui revenaient en mémoire. Il y avait un air de mystère, en effet, autour de la jeune femme, et sa charmante personne tout entière semblait parfois plier sous le poids d'une menaçante fatalité. Sa froideur, sa contrainte ne résultaient-elles pas de cet état de choses énigmatique? Il fallait à tout prix le savoir.

Or, la loyale nature d'Armand ne connaissait qu'une seule façon de s'instruire : interroger directement lady Suzanne. Ce fut pourquoi, vers

deux heures, sans vouloir se demander ce qu'une
visite aussi rapprochée pouvait avoir d'insolite, il
se dirigea vers Chenocé. La terre molle enfonçait
sous ses pas pressés; les grands arbres pleuraient
encore sur la route leur averse de la nuit, et le
soleil éparpillait sur l'herbe humide un splendide
écrin de gouttelettes et de rayons.

Poésie perdue, pour lui du moins, qui ne cherchait dans le paysage que la tourelle aiguë de Chenocé, assez semblable à un clocher moyen âge.
Tout à coup, il fit une exclamation de joie. A
l'angle du bois où Suzanne lui était apparue pour
la première fois, il la revoyait assise sur un
tronc renversé, le front penché, l'air rêveur, et
seule!...

— La Providence me sourit! s'écria-t-il en
s'approchant avec toute la rapidité que compor-
taient les convenances.

Elle ne l'avait point vu venir et parut vivement
embarrassée. On pouvait lire sur ses traits expres-
sifs la confusion pénible de sentiments diverse-
ment ressentis. Elle fit un effort pour se lever.

M. de Torisan la retint par un geste plein de douceur et de prière.

— Restez, je vous en conjure, dit-il; il m'est infiniment doux de croire que Dieu vous a conduite sur le chemin où je passais pour aller vers vous.

— Voilà beaucoup de présomption ! répondit la jeune femme avec un sourire indécis.

— Et surtout beaucoup de joie.

— Eh bien! voilà votre visite faite et reçue en plein champ, dit-elle avec une intention de reproche.

— M'en voudriez-vous donc d'avoir osé me rendre à Chenocó?

— Peut-être, si j'en connaissais le motif.

Elle allait au-devant d'une explication possible. Il n'y avait pas à s'y tromper. Ce n'était ni une banale coquetterie indigne de son caractère, ni le hasard d'une conversation; c'était de la volonté.

— Si Suzanne d'Aringdale était encore Suzanne de Morfadèle, elle aurait bien deviné ce motif, et l'aurait pardonné.

9.

La jeune femme secoua doucement sa jolie tête pensive.

— Pourquoi mentir? fit-elle avec vaillance. Je regrette, non pas tant d'avoir compris votre pensée intime, que de la voir germer dans votre esprit.

— Quoi de plus naturel pourtant? Je vous ai perdue, je vous ai pleurée ; j'ai respecté votre éloignement et votre vie nouvelle. Je vous retrouve enfin, vous êtes libre!... je veux vivre où vous vivez. Ma faute est-elle si grande?

Lady Suzanne laissa tomber ses mains avec découragement. La force de ce raisonnement si simple la surprenait au milieu de son accès de vaillance. La résolution ne lui manquait pas pour le combattre, mais la logique lui faisait défaut. Elle essaya pourtant.

— Je veux rester dans mon isolement volontaire... il le faut.

— Toujours?

— Longtemps encore.

— La présence même d'un vieil ami vous blesse?

— Il ne doit pas y avoir une ombre sur le nom d'Aringdale.

Et comme elle prononçait ce vœu si fier, un frémissement nerveux la parcourut tout entière.

— Certes! ne vous ai-je pas prouvé par un silence de cinq années que je l'honorais, ce nom que vous portiez, plus que qui ce soit au monde?

— C'est vrai, vous avez bien agi.

— Et voilà que vous me récompensez en m'éloignant?

— Monsieur de Torisan, je m'adresse à votre raison; la solitude m'est bonne; j'y dois rester, en y conservant, comme un souvenir heureux, celui de votre passage.

— Mon passage!... ainsi, votre sévérité va jusqu'à limiter le temps d'un séjour dont je me promettais...

— Rien... vous ne devez rien vous promettre... rien attendre, fit-elle avec agitation... rien espérer de l'avenir.

— Ah! Madame! s'écria Armand désespéré de cette persistance; vous avez le droit de me torturer, mais non celui de me bannir d'un pays que, désormais, j'aime entre tous.

— Voilà une préférence bien flatteuse pour ce coin de terre, Monsieur! dit une voix railleuse derrière les causeurs.

Armand se retourna en tressaillant, tandis que lady Suzanne regardait avec surprise sa belle-fille debout et souriante sur le bord de la route. Elle était venue à travers bois, s'il fallait en croire la longue traîne humide de sa robe et les stigmates de ses hautes bottines. Elle tenait à deux mains une gerbe énorme de fleurs, toutes ruisselantes encore et étincelantes de ces robustes teintes agrestes que leur communique le soleil. Sa physionomie exprimait une satisfaction malicieuse. Etait-ce de surprendre cette conversation et de venir s'y mettre en tiers?

Quoi qu'il en fût, elle ne parut aucunement remarquer le trouble que son arrivée provoquait et vint s'asseoir à côté de la comtesse de l'air le plus dégagé du monde.

— Là, dit-elle, on est très-bien ainsi. Je vous

voyais de loin, Milady, sur ce tronc d'arbre, et j'opinais que vous deviez être étrangement mal assise... c'est une erreur; je comprends à présent que vous y ayez du plaisir.

Elle se moquait avec tant d'audace et une petite mine si mignarde que lady Suzanne tressaillit une fois encore sous la piqûre, sans pouvoir arracher l'épine.

Harriett secoua négligemment ses fleurs pleines d'eau, et les étalant sur ses genoux pour en faire un bouquet régulier :

— Permettez-moi, Monsieur, continua-t-elle de sa voix métallique, d'ajouter mes félicitations à celles que la comtesse d'Aringdale devait certainement vous adresser. Vous passerez à Saint-Onésime un été très-supportable avec l'air le plus pur qu'on puisse respirer, une société restreinte mais bonne personne, et le loisir de cultiver la solitude, si la sauvagerie est dans vos goûts.

— Je ne suis nullement sauvage, Mademoiselle.

— Prenez garde toutefois; cette petite infirmité morale se contracte facilement. Cela tient-il au site?... au climat?... je ne sais. Cela se prend ici comme dans une épidémie. La comtesse d'Aringdale ne résiste plus depuis longtemps à cette influence pernicieuse; moi, je lutte encore.

— Je proteste : on ne peut être saisi d'un tel mal dans le lieu où vous êtes, Mademoiselle, dit M. de Torisan qui prononça cette fadeur du bout des lèvres.

Le jeune fille eut un léger haussement d'épaules où l'incrédulité s'unissait à l'indifférence. Puis, tout à coup, une idée sembla traverser ce cerveau mobile; elle se leva avec une vivacité extrême et son rire clair résonna dans le bois.

— Je prends au mot votre madrigal. A nous deux, nous allons combattre le fléau; la sauvagerie mène au spleen ; parfois je m'en crois atteinte. Résistons, voulez-vous"

Armand ne s'attendait pas à cette ouverture et l'acquiescement qu'il dut poliment y apporter se ressentit de son peu de sympathie pour la jeune Anglaise. Mais elle paraissait décidée à ne pas le remarquer et à poursuivre son but.

— Alors, fit-elle, ligue offensive et défensive?
Vous serez le mouvement, l'esprit, le dehors en
un mot. Nous serons l'accueil, la gratitude, le
charme de l'intérieur. Est-ce ainsi?

— Harriett!... Harriett!... dit sévèrement lady
Suzanne.

La jeune fille jeta à sa belle-mère un regard
ambigu, et, se penchant comme pour lui offrir
plus gracieusement son bouquet :

— Prenez garde, Milady, souffla-t-elle, que je
ne croie, en vous voyant éloigner systématique-
ment les visiteurs du château où je suis toujours,
que vous préférez les rencontrer ici où je ne suis
que par hasard.

Lady Suzanne pâlit étrangement; une parole
indignée vint à ses lèvres. La présence d'un étranger l'arrêta. D'ailleurs, Harriett, retournée vers
Armand, lui expliquait avec une gaieté singulière
la suite de son plan stratégique.

La jeune femme croisa ses mains par un mouvement douloureux qui meurtrit sa chair sous une
pression nerveuse. Ses yeux, où montèrent des

larmes, s'élevèrent vers le ciel dont le bleu limpide
souriait, implacable, à ses intimes tristesses. Certes,
elle avait le droit, elle avait peut-être même le devoir de protester, de punir par un mot sévère l'au-
dacieuse enfant qui osait l'insulter par de perfides
insinuations. Et pourtant elle ne parla pas. Man-
quait-elle d'énergie? Etait-elle dominée par une puissance inconnue, paralysée par une crainte secrète?
qui pouvait lire au fond de cette âme éprouvée?

Elle se leva, laissant sur le tronc d'arbre les
fleurs abandonnées.

— Rentrons, dit-elle; mes courses dans le
village m'ont retenue plus que je ne le croyais :
mon oncle doit être inquiet.

— Ah! comme nous allons être grondées!
exclama lady Harriett. Monsieur, vous allez venir,
je vous prie, présenter notre défense.

— Je vais avoir l'honneur de vous accompagner
jusqu'à l'avenue du château, dit avec réserve
Armand qui ne vit pas dans les yeux de la comtesse l'autorisation de répondre mieux à cette
invitation directe.

On fit quelques pas dans un complet silence. Lady Suzanne marchait comme une automate qu'une volonté étrangère pousse en avant. Harriett, qui semblait douée, ce jour-là, d'une volubilité extraordinaire, reprit la parole pour expliquer au jeune homme abasourdi qu'elle avait commandé à Auxonne de la musique nouvelle, et à Paris un canot de plaisance pour naviguer sur la *Rivierrette;* que M. de Torisan serait son accompagnateur en titre et son rameur de confiance, deux sinécures, du reste, car elle lisait toutes les partitions à livre ouvert et nageait comme un terre-neuve.

Devant cette aisance hardie et gracieuse que l'éducation anglaise communique aux jeunes personnes du meilleur monde, Armand restait muet, choqué, rebelle. Si, derrière les offres tentantes de lady Henriett, il n'avait pas entrevu la possibilité de se rapprocher de la comtesse, il aurait brisé net un entretien qui lui pesait. Mais la silhouette fine et distinguée de la jeune femme se profilait, dans sa grâce attristée, au-dessus de ce

flux de projets dont elle serait la poésie. Comment
résister?

On arriva à la grande avenue. Prêt à se retirer,
Armand s'inclina devant la comtesse.

— M'est-il permis de vous dire au revoir? Madame? demanda-t-il avec déférence

Cette soumission ne la désarma point. Il y avait
sur son visage une telle expression de douleur et
de résolution qu'Armand sentit sa cause perdue
sans qu'elle parlât. On y lisait si bien : « Il me
serait doux de vous dire : *Venez;* un impérieux
devoir me le défend. »

M. d'Exaudrille, qui venait à eux, rompit la difficulté de ce moment. Il parut ravi d'apercevoir
le jeune homme qui, par son admiration machia-
vélique pour les pigeonneaux du bonhomme, avait
fait sérieusement sa conquête.

— Ils sont nés! s'écria-t-il sans préambule;
si vous voyiez quelles plumes folles, soyeuses et
coquettes!... et des pattes roses!... et des becs!...
oh! les becs sont de petits chefs-d'œuvre. Venez
voir ça, c'est merveilleux!

— Je ne puis... voulut balbutier Armand.

— Allons donc : je ne vous lâche plus. Croyez-vous par hasard que la production de cette race se voie tous les jours?.. Tous les jours!... par exemple!... C'est très-rare, vous dis-je, cher Monsieur, très-rare. Cette race-là, voyez-vous, ne se prête pas à la domestication. J'ai tout simplement accompli un petit miracle.

— Je le crois, monsieur le baron; mais vous permettrez...

— Je vous permets de venir visiter mes élèves, dit en s'entêtant l'excellent monomane. J'attends la fin de la couvée ce soir, vous y assisterez. Suzanne, ma chère enfant, nous garderons à dîner votre ami.

Ce fut au tour de la jeune femme d'essayer une protestation que son titre de maîtresse de maison rendait bien délicate.

Armand lui vint en aide en refusant nettement et poliment l'invitation à dîner. Il fut moins heureux en cherchant à décliner l'offre de la visite au pigeonnier. Sur ce point, le baron fut

intraitable. Il tenait un admirateur, il ne le lâche-
rait pour rien au monde. Tant et si bien, qu'à
moins de froisser son oncle et de s'exposer aux
dangereux commentaires de sa belle-fille, lady
Suzanne ne put s'opposer davantage, même par
sa muette supplication, à l'introduction familière
de M. de Torisan à Chenocé.

XII

Dans le parc

Est-il besoin de dire que, partagé entre deux sentiments bien opposés, Armand apporta dès lors une discrétion infinie dans ses démarches, sans toutefois trouver le courage d'un éloignement que les circonstances ne paraissaient plus exiger?

La résignation de lady Suzanne — il fallait bien appeler ainsi sa silencieuse déférence au désir de son oncle — le peinait sans le décourager. Elle ne se démentait pas. Les jours passaient, l'automne arrivait avec son cortége de jours brumeux, de vents froids et de feuilles rougies. On commençait à se serrer avec plaisir autour de l'immense cheminée de Chenocé, où brûlait un

feu clair. Harriett faisait de la musique; le
baron étudiait le traité pratique de la *Domestication des ramiers*. La comtesse d'Aringdale ne
variait pas dans sa ligne de conduite ferme et
voulue.

Elle ne recevait jamais seule M. de Torisan;
elle était sourde à toute allusion, aveugle devant
toute pantomime, murée à toute question inté-
ressée. Sa contenance restait paisible, sa parole,
calme. Armand, dont l'œil triste étudiait cette
physionomie glaciale, y voyait s'étendre, peu à
peu, un masque de pâleur et d'insensibilité.

Parfois, au milieu de la conversation la plus
indifférente en apparence, le sang paraissait s'arrêter dans ses veines. Ses yeux se fermaient
comme devant un spectacle effrayant; elle tres-
saillait sans cause et regardait autour d'elle sans
motif. Une teinte d'ivoire imprégnait chaque jour
davantage son beau visage, que le rire n'épanouis-
sait jamais.

M. de Torisan n'était pas le seul à suivre les
progrès du mal inconnu dont souffrait lady

Suzanne. La tante Danielle avait dit en pleine able, chez le notaire :

— Ce mal s'appelle la peur. On me dirait que la comtesse d'Aringdale redoute la cour d'assises que j'en serais médiocrement étonnée.

Un cri d'incrédulité avait accueilli cette boutade, qui n'était du reste pas la seule que se permettait la vieille fille, dont la mauvaise humeur contre le genre humain s'accentuait avec l'approche du mariage de sa nièce.

M. Dollins en parlait sans cesse. La tante Danielle n'en voulait jamais parler. Elle en voulait à Émile de sa persévérance et à Armand de son aveuglement. Elle en voulait à Jenny de son manque de caractère, et à M. Champlin de son manque d'esprit. Elle en voulait à Pierre, son domestique, de son éternelle question : « Le devoir qui retient Mademoiselle à Saint-Onésime permettra-t-il bientôt à Mademoiselle de rentrer à Paris? » Enfin, elle s'en voulait à elle-même de n'avoir pas su débrouiller la trame qui avait mis à néant ses beaux rêves.

Nous ne jurerions même pas que, dans son courroux intime, elle ne souhaitât pas à l'actif de la comtesse quelque bonne petite aventure criminelle qui ouvrirait les yeux de M. de Torisan.

Lady Harriett observait aussi, et, plus l'étude se prolongeait, dans l'intérieur, à toute heure, plus elle y prenait d'intérêt et de plaisir. Cela devenait très-amusant pour son esprit actif, ingénieux et méchant, que de suivre lady Suzanne, qu'une préoccupation douloureuse paraissait accabler dans les instants qu'elle accordait à sa famille. Depuis quelques jours surtout, presque toujours seule dans son appartement ou en longues conférences avec James, elle ne paraissait au salon que pour échanger quelques mots avec son oncle et rentrer aussitôt chez elle. Harriett observait toujours.

Un soir, la nuit descendait déjà sur le parc, quoique l'heure fût encore peu avancée, lorsque la cloche du dîner la surprit au bord de la *Rivierrette* — qui bordait le parc, on s'en souvient, — où elle venait d'attacher son canot.

Elle avait un canot. Ce nouveau jouet, en grande faveur depuis quelques jours, près de son caprice, lui avait permis d'admirer la force et l'adresse de M. de Torisan. Ce jour-là, il l'avait quittée de bonne heure, sur les instances du baron d'Exaudrille qui avait je ne sais plus quel oisillon à lui montrer.

Elle revenait donc, pressant un peu le pas, lorsque arrivée en vue du château, elle s'arrêta étonnée. Une charmille s'étendait au bas des vieilles murailles, et, sur le banc qui s'y appuyait une femme était assise dans l'attitude de l'accablement. Un homme était debout devant elle. Ils parlaient à voix contenue. Rien de leur conversation ne parvenait à Harriett, qui s'en mordait les lèvres de dépit.

Voici ce qu'elle ne pouvait entendre :

— Suzanne, disait M. de Torisan, si je n'étais que votre vieil ami, que votre camarade d'enfance, je serais déjà autorisé à vous demander en quoi j'ai failli aux devoirs de cette amitié, en quoi j'ai mérité la sécheresse persévérante d'une parole que j'ai connue si douce pour moi.

— Je croyais ne plus avoir à répondre à vos interrogatoires. N'aviez-vous pas accepté tacitement mon silence et ma misanthropie?

— On n'accepte jamais l'abandon absolu de la plus légitime espérance.

— Monsieur...

— Est-ce ma faute, si je dois saisir comme un voleur l'occasion, que vous me refusez sans cesse, d'éclaircir...

— Je ne sache pas qu'il y ait rien à éclaircir de vous à moi?

— Oh!... vous m'écouterez enfin, vous qui m'acceptiez autrefois pour fiancé et qui ne voulez plus aujourd'hui de ce nom que vous préfériez,... de ce cœur qui vous est si dévoué !

Lady Suzanne chercha à raffermir sa voix avant de répondre, mais il ne lui en laissa pas le temps. Avec une éloquence simple et vraie que la sainteté de son but rendait plus pénétrante, il fit appel à ses souvenirs, aux heures sereines de l'enfance et de leur jeunesse que Dieu semblait bénir. Il la supplia d'oublier, comme un songe mauvais, les événements qui avaient obscurci le passé et de se croire encore à la veille d'un avenir heureux.

Lady Suzanne ne l'interrompit pas. Elle voulait voir peut-être tout au fond de cette âme loyale que tant de traverses ne lui avaient pas fermée. Lorsqu'il eut tout dit, lorsque, penché vers elle, il attendait un mot affectueux, elle répondit gravement, péniblement, comme si chaque parole montait de ses entrailles déchirées pour lui brûler les lèvres :

— Vous voulez ressusciter le passé? Le passé est mort. N'essayez pas de le tirer de sa tombe.

— Mais je suis fou !... mais ce que vous dites ne doit pas être !.. Vous ne devinez donc pas le supplice que vous m'imposez?

— Je vous plains ! murmura-t-elle, et je vous avais dit : « partez. »

— Partir, c'est ce que je ne ferai jamais. Qu'y a-t-il en vous? je ne sais; il y a lutte et mystère; il y a souffrance surtout, vous ne pouvez le cacher...D'où souffrez-vous?...Qui donc souffle sur votre front pour le pâlir et sur vos souvenirs pour

les glacer?... Vous, si franche, vous aimez l'obscurité... Qu'êtes-vous devenue?... Qui êtes-vous
désormais?

— Qui je suis? exclama-t-elle en se levant,
hélas! Armand, je suis une victime des fatalités
humaines; je le serai toujours... Ne vous mettez
plus entre moi et la résignation.

Et cette fois, échappant à la main qui voulait
la retenir, elle monta rapidement le perron et disparut.

M. de Torisan resta quelques secondes immobile, puis, saluant dans l'ombre le château comme
on salue un sanctuaire, il se perdit sous la grande
avenue.

Lady Harriett suivit d'un œil étincelant la
haute taille du jeune homme qui s'enfonçait dans
la nuit. Un sourire d'une amertume cuisante
plissa ses lèvres minces.

— Mon tuteur a raison, murmura-t-elle, il y a
des gentilshommes en France dont on pourrait
accepter le nom... si une belle-mère ne se jetait
pas au travers.

Cette soirée fut orageuse, avec des éclairs et des bouffées chaudes. Par delà les grands arbres que le vent berçait mollement, on voyait un coin au ciel qui eût tenté un peintre romantique.

Harriett, rentrée vers dix heures dans sa chambre, en avait largement ouvert les deux fenêtres dans l'espoir de respirer un air moins embrasé. Il ne montait du parc que des souffles irritants; les dernières fleurs de la saison dégageaient, sous cette atmosphère, les plus secrètes senteurs de leur calice. La plainte mélancolique des oiseaux de nuit, qu'on distinguait au loin, produisait une indéfinissable sensation d'énervement et de tristesse.

La jeune fille se jeta sur une chaise longue, agita son éventail, le repoussa, puis étira ses bras dans un geste de suprême lassitude, et les laissant retomber avec langueur :

— Seigneur! dit-elle, que je m'ennuie !

Elle vint s'accouder à la croisée, regardant machinalement frissonner le feuillage sur la lisière du parc. C'était là que souvent elle avait vu M. de

Torisan. Elle y pensa comme une belle désœuvrée qu'elle était. Après tout, les Torisan étaient de bonne souche. Celui-ci, avec sa distinction, son esprit, sa réserve, pourrait être, à la rigueur, un pis-aller acceptable dans la fausse situation qu'elle subissait.

Elle se souvenait bien avoir entendu son père lui désigner autrefois, comme partis honorables, quelques jeunes lords barbus, robustes et de haute mine, les Holkinson et les Mac Olliday. Songeaient-ils à elle pour leurs alliances? avaient-ils même remarqué sa disparition d'Angleterre, ces sportmen émérites, ces infatigables chasseurs, ces grands seigneurs qui parlaient si peu et buvaient si sec?

Il lui semblait bien aussi que M. de Torisan avait toutes les délicatesses et toutes les recherches qui manquaient aux gentilshommes anglais, et que le bonheur serait peut-être plus assuré près de lui que près des Holkinson et des Mac Olliday.

De déduction en déduction, la jeune fille en arrivait insensiblement à trouver que le conseil

de lord Balmers avait du bon, lorsqu'un bruit léger dans la direction du parc la tira subitement
de sa rêverie.

C'était, à n'en pouvoir douter, le bruissement
d'une robe de femme sur les cailloux des allées.
Harriett, qui n'avait point allumé de bougie et
dont rien ne pouvait trahir la présence, se pencha
sur la façade sombre pour apercevoir la promeneuse tardive.

Du clocher de Saint-Onésime tombaient en ce
moment onze coups lents et graves qui se répercu-
tèrent dans les vieux bâtiments.

Une ombre traversait à pas pressés la zone découverte qui s'étendait sous les fenêtres de lady
Harriett; sa traîne de soie cassante dont elle ne
songeait pas à prévenir les indiscrétions, roulait
de petits graviers et s'accrochait aux arbustes.
L'ombre s'en aperçut enfin, releva brusquement
l'étoffe et s'enfonça sous les arbres serrés du
parc.

C'était lady Suzanne.

Harriett, mille fois plus curieuse que craintive,

n'eut pas une minute d'hésitation. Elle descendit comme un sylphe les grands escaliers, trouva la porte du vestibule entrebaillée, la poussa, traversa prestement le parterre découvert et pénétra sous bois à l'endroit précis où la comtesse avait disparu.

Tout cela avait été fait si vite, qu'en prêtant l'oreille, elle put distinguer encore à quelque distance la cassure des broussailles sèches sur le passage d'un être humain.

La nuit, sans être tout à fait noire, n'avait que de rares éclaircies produites par de rapides nuages, que le vent balayait et que. d'autres remplaçaient aussitôt. Dans ces instants de douteuse lueur, les yeux de lynx de la jeune fille entrevoyaient encore dans le sentier la forme indécise de lady Suzanne qui semblait marcher en personne sûre de son but et de sa route. Et pourtant quelle route ! Harriett s'avançait avec précaution, retenant son souffle, interdisant à ses lèvres la plus légère exclamation lorsqu'une racine froissait son pied, lorsqu'une branche pendante la frappait au visage, ou qu'une épine déchirait ses mains.

Enfin! elle allait donc savoir!... Elle allait donner un corps à ses doutes. Elle allait découvrir où allait ainsi, audacieusement, cette belle-mère abhorrée qu'elle trouvait toujours en travers de son chemin.

Ce ne pouvait être à une action avouable, car la nuit et le silence ne sont point le fait des consciences droites.

En effet, lady Suzanne marchait à une rencontre singulière. Harriett s'arrêta net et regarda, les yeux agrandis, le cœur battant. La comtesse était parvenue à une sorte de clairière resserrée qu'on avait baptisée le *rond-point* et ne s'y trouvait plus seule. Une autre ombre, indistincte mais positive, l'avait rejointe et se mettait lentement à tourner, côte à côte avec elle, dans cet espace circulaire.

A la démarche, à la structure allongée de cette ombre, il était facile de reconnaître un homme, mais quel homme?... Harriett eut un sourire d'une effrayante méchanceté.

Les nuages couraient toujours au ciel, mais si

vite, si vite, qu'entre eux ne tombait plus aucune
lumière. Un murmure de voix, que le vent déna-
turait, arrivait seul à ses oreilles tendues. Parfois
un rire aigre passait dans le feuillage, comme s'il
y eût eu là-bas, entre les promeneurs, des reproches ou de la raillerie.

Que n'eût-elle pas donné pour mieux voir, pour
mieux entendre? Elle attendait, espérant voir se
lever un coin du voile. Oh! la nuit!... la nuit
épaisse!... De quelle rage sourde n'était-elle pas
animée contre ces ténèbres qui la protégeaient, il
est vrai, en la réduisant à l'impuissance.

Il faisait froid; une humidité pénétrante
sortait des mousses jaunissantes et des feuilles
tombées. Il fallait avoir un bien grand besoin
de secret pour prolonger, tout une grande
heure, cet entretien au fond du bois. Une
heure passa cependant, et les mêmes voix confuses
firent subir à lady Harriett une torture sans
nom.

Puis, tout se tut; plus un souffle; dans la clairière abandonnée on entendit hurler plus fort le

vent qui s'élevait.' Où étaient-ils?... Harriett se détacha de l'arbre auquel elle était restée collée et rampa plus qu'elle ne marcha vers le rond-point. Il y faisait un peu moins sombre que sous le couvert; elle en fit le tour, palpant de sa main agitée chaque tronc, chaque pierre de la petite enceinte circulaire. Rien!

Les promeneurs avaient dû prendre pour s'éloigner un autre sentier que celui qui avait amené lady Suzanne. La jeune fille essaya de les suivre dans cette voie inconnue, mais les ronces croissaient hautes et drues de ce côté, nulle trace de passage ne s'y distinguait et le fourré paraissait s'étendre au delà, plus inextricable que partout ailleurs. La piste était perdue.

Harriett recula. Des profondeurs du parc, il n'arrivait plus que la plainte éternelle d'une chouette, et c'est à peine si elle reconnaissait encore la direction du château. Elle se guida difficilement à travers les taillis, maintenant qu'elle n'était plus soutenue par une espérance. La porte du perron était toujours entr'ouverte. La comtesse n'était donc pas rentrée? Où pouvait-elle être maintenant, si ce n'était sur les limites du parc protégeant de sa présence la retraite du nocturne visiteur?

XIII

Une partie de pêche

Le lendemain, dans l'après-midi, Jenny fit irruption à Chenocé. Elle était vive, gaie. Ses joues roses rayonnaient de santé et ses yeux bleus, d'entrain. C'était bien la fiancée la plus sereine et la moins sentimentale qu'on pût voir, à l'extrême déplaisir de la tante Danielle qui ne reconnaissait pas son sang dans cette candide nature.

Elle embrassa son amie avec de grandes démonstrations de tendresse, en se récriant sur son air grave qui n'était plus de mise, puisqu'une certaine animation régnait maintenant au château et à Bellevue.

— C'est un effet de mon grand âge, fit Harriett avec un rire forcé; je vais être majeure.

— Il faut secouer cela, ma chère. Je viens vous inviter à une chose charmante, une pêche aux flambeaux. Nous avons essayé hier, c'est ravissant.

— Une pêche... la nuit?

— Oui; on a un grand bateau, des torches que l'on secoue sur l'eau, et les poissons viennent se faire prendre à la main comme les papillons viennent se brûler à la flamme.

— Ce doit être original.

— Ma tante poussait des cris à chaque oscillation du bateau et M. de Torisan a fait une très-belle pêche, sans le moindre filet.

— M. de Torisan?

— Il était de la partie, naturellement, et je vous assure qu'il paraissait prendre goût à la chose.

— Vous dites,... cette nuit?

— Certainement. Entre dix et onze heures nous étions en pleine *Rivierrette*, à plus d'un kilomètre de la propriété de monsieur le maire.

Lady Suzanne survint sur ces derniers mots. Elle n'avait pas vu, au déjeuner, sa belle-fille qui s'était fait servir dans sa chambre. Le premier regard qu'échangèrent les deux femmes fut calme d'un côté et menaçant de l'autre.

Jenny, que Mme de Laurage avait dépêchée au château munie des pleins pouvoirs les plus étendus, formula de nouveau son invitation, raconta leur expérience de la veille et finit par remettre l'heure et le lieu du rendez-vous au choix de ses invitées.

Lady Suzanne répondit qu'elle consentirait à faire, pour une fois, infraction à ses habitudes de retraite; que le lieu de rendez-vous le plus convenable lui paraissait être Bellevue, et que l'heure devait être celle où les poissons trouveraient la nuit assez sombre pour venir se jeter dans le rayon des torches.

Il fut donc convenu qu'on se rejoindrait, le soir même, à dix heures, à la maison du notaire. Sur cet arrangement, Jenny reprit son vol vers Bellevue, suivie de Pierre, le vieux domestique, qui opinait tout bas que toutes les *Rivierrelles* de Bourgogne ne valaient pas le ruisseau de la rue du Bac.

On eût bien étonné le digne garçon en lui apprenant qu'il se trouvait en parfaite conformité d'opinion avec Mme de Staël.

La température s'était radoucie; le vent était tombé; la soirée promettait d'être délicieuse. Les châtelaines furent exactes et le locataire de Mme veuve Servin les attendait sur la route. Une fois réunie, la petite société se dirigea vers le fond du jardin de Bellevue où s'ouvre un passage sur la *Rivierrette.* C'est là que le bateau de pêche du notaire était amarré, offrant aux promeneuses les plis moelleux d'un tapis cramoisi, rejeté sur ses bords.

M. Champlin veilla galamment à la commodité de leur installation et prit place près d'elles. Emile Dollins et Armand de Torisan s'emparèrent des rames.

Aux deux extrémités du bateau étaient fixées des torches de résine dont les flammes rouges, inclinées par une légère brise, se reflétaient en dansant sur les vagues en miniature.

La *Rivierrette* est peu large, bordée par inter-

valles de talus verdoyants et de beaux arbres dont
les branches touffues, bizarrement teintées par
les torches, se rejoignent à quelques mètres au-
dessus du bateau.

L'eau était tiède. La comtesse d'Aringdale y
laissait paresseusement tomber sa main. La tante
Danielle se souvenait du baron Rousseau, traversant à la nage un bras de fleuve, pour venir la
saluer. Jenny contemplait les langues ardentes des
torches et les silhouettes noires des rameurs qui
se découpaient fantastiquement sur l'eau. Les
deux jeunes gens semblaient absorbés par la responsabilité de leurs fonctions. Le notaire cherchait obstinément la solution d'un problème de
droit civil, et lady Harriett, une vengeance majeure.

Au milieu de ce silence, la barque avançait
doucement dans la pénétrante sérénité de cette
nuit poétique. La pêche?... qui donc y songeait?

Qui donc y songeait?... mais le garde champêtre de Saint-Onésime. La voix publique avait
avisé le brave fonctionnaire que les riverains

avaient entrevu, la nuit précédente, comme dans un mirage, une barque, des lueurs, des voix féminines, enfin les choses les plus étonnantes, sur la *Rivierrette.*

Un vague soupçon de délit de pêche avait pénétré dans le crâne épais du bonhomme, qui cumulait, comme on le voit, divers emplois. Il s'était promis de veiller et il veillait.

Au moment où l'embarcation longeait la propriété de monsieur le maire, une voix, partie de la berge, s'éleva subitement avec un accent méridional des plus prononcés :

— Oh! hé!... du bateau!

— Qu'est-cela? sursauta le notaire.

— On nous hèle, je crois, fit Jenny.

— Hé! là-bas!... Répondrez-vous? reprit la voix.

— Ceci me paraît singulièrement audacieux, mon frère! s'écria la tante Danielle en mettant son vénérable visage en pleine lumière pour mieux inspecter le talus.

Le garde, de son côté, s'était avancé, cherchant

à distinguer les *délinquants*, mais la fumée de
résine rabattue par le vent s'étendit en rideau
entre l'appelant et les interpellés.

Jamais, au grand jamais, depuis qu'il était
garde, le père Anselme n'avait aperçu semblable
attirail, à pareille heure, naviguant sur le paisible
petit cours d'eau. Il courait avec cela tant d'histoires sur Chenocé, ses lumières nocturnes, ses
voix dans le parc, que le pauvre garde se crut un
instant en face de quelque apparition surnaturelle.
Il commençait prudemment à se signer, lorsqu'un
éclat de rire moqueur de Jenny, qui venait de
reconnaître la casquette galonnée, lui prouva qu'il
avait bel et bien affaire à des vivants.

— Ho! hé!... vous filez sans répondre, reprit-il,
donc vous êtes en faute! Vous pêchez avec des
engins prohibés : je vais vous dresser procès-
verbal.

A ce mot de procès-verbal, le notaire tressaillit.
Un procès-verbal, à lui l'officier ministériel le plus
minutieux, le plus rigide dès qu'on touchait à la
loi!

— Mais qu'est-ce qu'il dit donc? s'écria-t-il tout effaré... n'est-ce pas Anselme, le garde champêtre ?

— Qui est garde-pêche cette nuit, apparemment, approuva Jenny.

— Stop! commanda le notaire. Venez ici, Anselme; je vous prie de vous approcher, de nous reconnaître et de retirer vos expressions mal sonnantes.

Il avait repris son assurance et lorgnait la rive avec des sourcils froncés.

Le père Anselme se confondait déjà en excuses, casquette basse et dos courbé.

— C'est bien, c'est bien, fit paternellement M. Champlin; vous faisiez votre devoir, en somme; mais une autre fois, mettez vos lunettes.

En échange de cette mansuétude, le garde-pêche crut devoir donner un avis aux promeneurs nocturnes.

— N'allez pas trop loin, monsieur le notaire, vous êtes près des limites du canton; si mon camarade, le garde de Tériguy, vous surprenait pêchant à la lumière, il serait bien aisé de jouer un méchant tour à un monsieur de chez nous, la pêche de cette manière étant prohibée.

— Merci, dit sèchement M. Champlin en se redressant un peu plus qu'il n'était nécessaire et pendant que le garde-pêche se courbait plus que de raison.

Les jeunes gens reprirent les rames et le bateau fila entre les arbres penchés, mais le charme semblait rompu. On regretta la rencontre d'Anselme et la prohibition des flambaux dans le code fluvial; on regarda tristement les poissons qui venaient narguer à fleur d'eau les pêcheurs désarmés. Armand parla de Naples où la pêche est si délicieuse, le soir, dans le golfe endormi; le notaire déplora son ignorance qui avait failli lui faire commettre un délit, et l'on conclut lamentablement que, si la morale était sauve, la partie de plaisir était manquée.

— Qu'allons-nous faire, à présent, de notre promenade sans but? demanda la tante Danielle; je suis de celles qui aiment un but en toutes choses.

II.

— J'en ai un à vous offrir, dit vivement lady Harriett.

— Ne sommes-nous pas bien ainsi? hasarda la comtesse d'Aringdale.

—Voyons, Mademoiselle, développez vos propositions, reprit Mlle de Laurage.

— Nous partions en quête de poésie, de rêverie, de plaisir innocent s'il en fut. Allons, si vous le voulez bien, au devant des aventures.

— Des aventures?

— Cherchons le romanesque, le surnaturel même : je sais où le trouver.

— Bon Dieu ! que voulez-vous dire? exclama Jenny effrayée.

— Mesdames, sauf l'approbation de la comtesse d'Aringdale — et Harriett s'inclina légèrement — j'ai l'honneur de vous proposer d'aborder là-bas, à gauche, sur la lisière du parc de Chenocé, et d'y faire, torches en mains, une promenade à travers les fourrés.

— Tiens! c'est assez gentil, cela, approuva la tante Danielle.

— Nous réveillerons les oiseaux, nous ferons fuir les lézards et nous aurons peut-être la chance heureuse de rencontrer les fantômes familiers du château.

Le notaire jeta autour de lui un regard d'une bravoure douteuse, et son gros rire s'arrêta, serré à la gorge par je ne sais quelle sensation d'étranglement intérieur, tandis que les deux jeunes gens applaudissaient à cette ouverture, au moins originale.

— Et l'on accuse vos compatriotes de manquer d'imagination ! fit lady Suzanne en haussant railleusement les épaules.

— Ma foi, dit Armand, ce serait d'une crânerie charmante d'aller visiter ainsi les domaines particuliers de chaque châtelain féodal attardé dans sa petite tournée nocturne.

— Il n'est pas effrayant du tout, continua tranquillement Harriett... Ce châtelain a toutes les allures d'un gentleman moderne.

— Vous l'avez donc vu ? interrogea Jenny.

— Cette nuit même, j'ai fait un tour de

parc... oh! pas avec lui, mais bien près de lui.

— Oh! vous allez nous conter ça, Mademoiselle. Une bonne petite histoire de revenant, la
nuit, sur la rivière... c'est d'un pittoresque!...
dit Armand.

— Vous allez ne pas effrayer cette enfant qui
tremble déjà, n'est-ce pas, Harriett? dit lady
Suzanne en désignant Jenny blottie tout contre sa
tante.

— Entendez-vous, Jenny, ma chère? on a bien
mauvaise opinion de votre courage, riposta Harriett avec une pointe d'ironie.

XIV

Une histoire de revenant

Jenny était poltronne, mais orgueilleuse aussi. Il fallait voir de quel petit air franc elle releva la tête en priant lady Suzanne de la croire parfaitement capable d'entendre toutes les histoires terribles du monde.

— Alors je commence.

— Vous commencez quoi? interrogea la comtesse d'Aringdale, avec une âpreté d'intonation qui surprit désagréablement ses auditeurs.

— Le récit de ce que j'ai vu et entendu cette nuit, Milady. Oh! je vous préviens que cela déroute toutes mes notions sur les ombres, les fantômes, les revenants, et autres âmes en peine.

— Comment cela? demanda-t-on en chœur.

— Je m'imaginais tantôt le revenant en linceul légendaire, avec des yeux caves et des chaînes cliquetant à ses os; tantôt le farouche fantôme des ruines avec une barbe moyen âge, une cuirasse et une épée aussi haute que lui. Pas du tout. J'ai rencontré dans le parc, à onze heures, précisément à l'heure que vous entendez sonner en ce moment, le plus joli, le plus distingué, le plus séduisant de tous les habitants de l'autre monde.

— Seigneur! Seigneur! étouffa Jenny entre ses mains jointes.

— Sa démarche était élégante; sa tenue des plus convenables et sa conversation paraissait intéressante.

— Sa conversation !... vous êtes charmante! exclama la tante Danielle qui s'amusait infiniment.

— Si j'en juge, du moins, par l'attention que lui prêtait son compagnon ou sa compagne, je ne puis préciser; car, dans la région des ombres...

A ce mot, ce fut une explosion. Il n'était donc pas seul, ce fantôme? le parc de Chenocé était donc un nid de revenants? Les jeunes gens riaient de tout leur cœur, Armand moins qu'Emile toutefois.

Harriett, charmée de son succès, laissa calmer la première surprise.

— Cette ombre n° 2, continua-t-elle, était plus massive, plus imposante et plus importante aussi. Ce devait être celle de quelque grand personnage. Elle semblait, du reste, entourer de... sa tendresse, ou de sa protection, la petite ombre n° 1, si mignonne, qui avait quelque chose, — pardonnez-moi cette invraisemblance, Milady, — de votre gracieuse tournure.

Lady Suzanne, qui écoutait les yeux baissés, les mains appuyées au bord de la barque, tressauta brusquement et dit avec ironie :

— Vous avez beaucoup d'esprit ce soir, ma chère Harriett. J'ai toujours reconnu la supériorité des romans anglais sur les nôtres.

— Je me suis frotté les yeux pour mieux voir, reprit implacablement la jeune fille. Cette châtelaine des temps antiques s'était modernisée comme à

plaisir. Je ne vis ni hennin sur sa tête, ni aumô-
nière à son côté, ni menu-vair à sa robe. Mais ses
cheveux étaient relevés en bandeaux et le nœud
flottant de sa ceinture retombait sur une étoffe
cassante, qui n'avait absolument pas l'apparence
du brocart.

— C'est merveilleux ! fit la comtesse avec effort.

— Oui, bien merveilleux, répéta Armand d'une
voix altérée.

Lady Suzanne l'entendit et son regard troublé
se heurta au regard interrogateur du jeune
homme. La tante Danielle, malgré sa légèreté,
se sentit devenir attentive. Il n'y avait déjà plus
que le notaire pour croire à la légende de lady
Harriett. Emile Dollins avait un doute, et Jenny
se bouchait consciencieusement les oreilles.

— Et puis? et puis? demanda-t-on.

— Et puis?... ah! j'étais trop discrète pour
chercher à surprendre le secret des ombres. Je
me tins à l'écart. Elles causèrent plus d'une
heure en marchant dans une demi-obscurité avec
l'aisance que nous mettons à nous mouvoir en

plein jour; et pourtant que de cailloux, que d'épines, dans les replis du bois!... Enfin, que vous dirai-je?... elles firent leur métier d'ombres en s'évanouissant tout à coup.

— Vous ne les vîtes plus?

— Plus du tout.

— Et elles ne laissèrent pas de traces?

— Aucune... ah! pardon... près de la porte du château, je trouvai une branche de réséda fanée toute semblable à celle que vous portiez hier à la ceinture, Milady.

— La châtelaine moyen âge vous l'aura dérobée, dit Armand avec amertume.

Lady Suzanne ne répondit pas.

— Est-ce fini? demanda naïvement Jenny en se hasardant à risquer une oreille.

— Pas encore, Mademoiselle, dit Armand en plantant sa rame dans le talus, ce qui fit stoper l'embarcation; il reste l'épilogue. Qui vient avec moi? il serait plaisant d'aller offrir nos hommages à ces promeneurs ténébreux qui daigneraient peut-être nous admettre à leurs entretiens.

Et comme il se retournait vers la jeune femme pour obtenir son consentement, elle inclina faiblement la tête, ses lèvres s'agitèrent sans former aucun son et sa main retomba lourdement dans l'eau.

— Elle va se trouver mal ! cria Jenny.

— Encore ? fit Harriett d'un ton moqueur.

Il y eut un instant de confusion à bord de la barque. Les femmes s'empressèrent, les hommes étaient consternés. Armand ne songeait plus aux ombres du parc, en voyant la pauvre Suzanne renversée, toute blanche et les yeux clos.

La tante Danielle la soupçonna d'avoir imaginé cette émouvante manière de retenir M. de Torisan, dont le projet fantasque paraissait lui déplaire. En fille prudente, elle avait dans un coin de ses vastes poches un flacon de sels d'une force peu commune dont quelques aspirations suffirent pour ranimer la jeune femme.

— Je suis un trouble-fête, dit celle-ci en s'excusant avec un triste sourire ; ramenez-moi à Chenocé : vous voyez bien que je n'en devrais jamais sortir.

— Je ne vous conterai plus d'histoire, dit sèchement lady Harriett.

On remit la barque dans le courant et l'on rama vers Bellevue. Le retour fut rapide. Une préoccupation générale pesait sur tous les membres de la petite colonie ; il semblait que le souffle glacé de l'inquiétude et du soupçon eût passé sur les fronts sérieux.

Où s'étaient envolés les riants projets de pêche et la bizarre pensée de fouiller le vieux parc? On paraissait aussi désireux de se séparer qu'on avait mis d'empressement à se réunir.

James attendait les deux ladies à Bellevue ; mais M. Champlin, Armand et Emile voulurent les accompagner jusqu'au château. Lorsqu'on eut atteint le perron, qu'éclairait faiblement la lanterne de James, la comtesse leur tendit à tous trois sa petite main ; Harriett leur fit un salut plein de grâce et la porte massive se referma derrière elles.

— Le château du mystère ! railla M. Dollins, lorsque les trois hommes se retrouvèrent seuls sur le chemin.

— Oh ! j'en aurai la clé ! fit Armand en enve-
loppant le parc tout noir d'un regard enflammé.

— Respectons les caprices de cette jeune femme,
Messieurs, dit galamment le notaire. Elle est assez
jolie, assez charmante, pour en avoir quelques-
uns et ne troublons pas son repos de nos sottes
interprétations.

Lady Harriett ne dormit pas cette nuit-là. Elle
savait avoir jeté l'inquiétude dans le cœur de sa
belle-mère et le dépit dans celui de M. de Torisan.
Elle était presque sûre de l'avoir pour allié secret
dans la découverte des démarches étranges, mais
peu honorables, de la femme qu'elle exécrait. Cette
découverte ferait envoler sans doute le chevale-
resque sentiment que le jeune homme paraissait
conserver ; un tout autre avenir pouvait s'ouvrir
par cette hypothèse, et qui pouvait prévoir si les
conseils de lord Balmers ne se réaliseraient pas ?

Armand était non moins agité. Le langage de
la jeune Anglaise, sous son voile allégorique, avait
soulevé en lui des tempêtes folles. Suzanne ! son
idole vénérée ! son rêve... sa croyance ! Fallait-il

tomber de ses hauteurs radieuses dans la jalousie vulgaire, dans la désillusion cruelle?

— Je ferai sentinelle dans les taillis de Che-nocé ! conclut-il avec rage.

M⁰ᵉ Servin, qui arrachait une salade dans le jardinet, lorsqu'il y descendit le matin, se permit de faire observer que « Monsieur était bien pâle, que Monsieur devait avoir la fièvre, et qu'en attendant le médecin, Monsieur ferait bien de prendre quelques bonnes verrées de centaurée bien amère, ce qui est souverain dans ces cas-là. »

Armand remercia la veuve de ses attentions avec une brusquerie peu dans ses habitudes, et se dirigea vers Bellevue où il devait déjeuner. Jenny, qu'il rencontra dans le vestibule, le prévint que sa tante désirait lui parler, et l'attendait dans sa chambre. Pierre le précéda et l'annonça.

La tante Danielle avait revêtu une physionomie sombre et une solennité de mauvais augure. Ses boucles grisonnantes avaient pris un aspect rigide et sa robe noire elle-même exhalait un vague parfum d'inquisition.

Armand eut le pressentiment qu'elle allait lui parler de la comtesse d'Aringdale. C'était, en effet, pour l'entretenir de ce brûlant sujet que la vieille fille avait fait appeler son protégé. Avec des tours de phrases insidieux, des ménagements habiles, des réticences calculées elle entreprit, suivant son expression « d'ouvrir les yeux à son grand aveugle. » Elle trouva des mots attendris pour déplorer sa constance incomprise, et des adjectifs indignés pour flétrir la dissimulation de la femme sans grandeur qui n'était en réalité qu'une coquette dangereuse. Elle eut une éloquence prodigieuse en dépeignant les énigmes de la maison murée, les cancans du voisinage, les voix entendues dans le parc, le récit humoristique de lady Harriett, et les pâleurs, et les troubles et les terreurs sans motif apparent de cette idole, qu'il fallait briser. Certes, elle souffrait de contrister le cœur de son cher Armand, mais elle était presque sa mère, elle lui devait son aide dans la circonstance la plus pénible et la plus délicate où puisse se trouver un honnête homme.

M. de Torisan l'écoutait avec des yeux effarés, se demandant s'il était vraiment possible que les doutes, qu'il osait à peine s'avouer à lui-même, eussent déjà atteint les amis de Chenocó. Imprudente, légère, ou coupable, la comtesse d'Aringdale n'était donc plus dans la pensée des autres, comme dans la sienne propre, cette Suzanne immaculée qui méritait les respects du monde?

Il allait la défendre cependant, avec son cœur sinon avec sa conviction, quand la porte s'ouvrit sous une main violente, et lady Harriett, blanche comme un suaire, les yeux étincelants, pénétra comme un coup de vent dans la chambre.

Elle courut à Mlle de Laurage, et se jeta dans ses bras en criant d'une voix désespérée :

— Aidez-moi!... ne me repoussez pas!... je n'ai d'espoir qu'en vous !

XV

Ce qu'avait découvert lady Harriett

Cette entrée mélodramatique stupéfia M. de Torisan, qui resta cloué de surprise près du fauteuil qu'il venait de quitter. La tante Danielle prit la pose qui convenait à tant de désespoir, quoique bien étonnée de se voir devenue la seule perche de salut de la caustique lady.

— Je ne saurais rester une heure de plus sous ce toit d'iniquité! continuait celle-ci avec des regards de colombe en pamoison.

— Miséricorde! ma belle enfant, que vous arrive-t-il? interrogea la tante Danielle.

— Il m'arrive!... mais vous ne le croirez jamais. Dire que je suis abandonnée à cette femme, guidée par cette femme, torturée par cette femme!...

12.

— De grâce, Mademoiselle, expliquez-vous…

— Eh! vous devinez qu'il m'en coûte de démasquer celle qui est si peu digne du noble nom d'Aringdale.

— Lady Suzanne! exclama Armand qui ne fut pas maître de lui.

Harriett se retourna avec une surprise et une rougeur très-réussies.

— Vous étiez-là, Monsieur!… Eh bien! que votre amitié pour ma belle-mère me pardonne.

— C'est au nom de cette amitié, Mademoise e, que je vous supplie de parler, afin que je puisse défendre celle que vous accusez.

Harriett, tout d'une haleine, avec la volupté la plus expressive, fit cet étrange récit :

— « Ce matin, il était six heures, j'étais agitée, fiévreuse, j'avais mal dormi. Je me jetai hors de mon lit décidée à me présenter à son lever à ma belle-mère avec cette interrogation ou cette menace aux lèvres : « Assez d'allégorie, assez d'enfantillages; laissons aux étrangers nos histoires de fantômes ; moi je vous ai suivie ; que faisiez-vous la nuit dernière dans le bois ? »

« Je m'habillai malgré l'heure matinale. Mes soupçons m'étouffaient, il fallait les éclaircir ; mon espionnage était peu digne de mon caractère, il fallait frapper en face. Cependant, comme il n'était pas convenable de se présenter si tôt chez ma belle-mère, je descendis pour tuer les heures et ma fièvre par une course forcée. Le jour se levait à peine. Au moment où j'allais, dans le grand corridor, passer devant l'appartement de la comtesse d'Aringdale, j'entendis gravir l'escalier.

« Un vague instinct de méfiance me fit me rejeter en arrière dans la vaste embrasure d'une de ces immenses fenêtres creusées dans l'épaisseur du mur. Bien m'en prit. C'était la comtesse elle-même qui remontait, suivie de James et noyée dans les grandes ombres que la petite lanterne combattait mal.

« Ma belle-mère était enveloppée d'une mante brune par-dessus la toilette qu'elle portait hier soir, avec nous, sur la *Rivierrelle* : elle ne s'était donc pas couchée. Son visage était abattu. Sur le seuil de sa chambre, elle s'arrêta :

— Merci, James. Vous ferez entendre à Mylord que je ne puis sortir ni ce soir, ni demain.

— Mylord ne voudra rien entendre.

— Il le faut : j'ai été suivie.

« James redescendit sans mot dire. Je marchai derrière lui avec assez de prudence pour ne pas éveiller son attention. Il entra dans la *Tour-aux-Lierres* — cette tour qu'on me disait inhabitable et dangereuse — en franchissant, avec l'assurance d'une longue habitude, les éboulements et les ronces qui obstruent la grande cour.

« J'attendis longtemps, debout derrière un vieux pilier, glacée par la brume du matin, en espérant le voir ressortir ; mais j'entendis tout à coup sa voix dans l'intérieur de la maison : il appelait Ketty. Il existait donc un passage qui faisait communiquer la tour avec le château.

« Je remontai chez moi. Je réfléchis beaucoup. Je ne voulais plus menacer, je voulais sortir avant tout de cette malheureuse maison. J'en suis sortie la tête haute, sans répondre à l'interrogation inquiète de lady Suzanne, et me voici : me repoussez-vous? »

— A Dieu ne plaise! s'écria la tante Danielle ravie d'une aventure qui prenait les proportions les plus sérieuses, les plus conformes à son secret désir; je ne vous abandonnerai pas dans un moment si difficile.

—Je me permettrai de faire observer à lady Harriett Holygood, dit froidement Armand, que, pour l'honneur même du nom dont elle paraît si jalouse, il eût été plus prudent d'étouffer ces regrettables découvertes, dans le cercle de la famille, jusqu'à preuves complètes.

Lady Harriett, blessée, reçut l'admonestation en plein visage sans pouvoir y répondre, car le jeune homme la salua avec hauteur et sortit.

Si la tante Danielle avait été observatrice au lieu de posséder la tête à tous les vents que l'on sait, elle aurait saisi sur les traits contractés de la jeune Anglaise les marques d'un vif désappointement; mais elle avait bien d'autres préoccupations. Ne fallait-il pas rentrer de plein-pied dans le rôle de Providence qu'elle affectionnait tant? protéger une orpheline, démasquer l'hypocrisie, tirer au clair une affaire ténébreuse? C'était plus qu'il n'en était besoin pour lui donner l'air important, empressé, confit, qui fit dire à Pierre lorsqu'il l'aperçut :

— Mademoiselle va, pour sûr, en finir aujourd'hui avec le devoir qui la retient à Saint-Onésime.

On annonça brièvement à Jenny qu'une circonstance inattendue amenait Harriett à Bellevue pour la journée. L'enfant gâtée en sauta de joie, questionna, n'obtint pas de réponse et ne pensa qu'au plaisir de posséder son amie.

Si c'était un jeu que de prévenir Jenny, c'était chose sérieuse, pour la tante Danielle, que d'instruire M. Champlin des aventures de Chenocé. Le bonhomme n'aimait pas l'immixtion des gens de sa maison dans les affaires d'autrui, et il y avait beaucoup à craindre qu'il ne trouvât un peu bien hasardée la conduite de sa redoutée belle-sœur.

Elle déploya donc toute la solennité dont elle était capable pour cette ouverture, et, si son accent pathétique ne convainquit pas absolument le notaire, du moins son air résolu l'intimida suffisamment pour l'empêcher de s'élever ouvertement contre ce projet.

— Il faut donc vous laisser faire comme il vous plaira, ma sœur, fit le bonhomme d'un ton résigné; quoique ce soit, à mon sens, aller bien vite en besogne que de croire cette jeune fille sans examen, et de condamner cette jeune femme sans l'entendre.

— Vous ne comprenez rien aux questions de dignité et de sentiment, mon frère; permettez-moi de me croire plus capable d'apprécier, en ma qualité de femme, le plus ou moins de convenance du séjour de lady Harriett sous un toit où elle est exposée aux révélations les plus inconvenantes.

— Voilà de bien gros mots ! soupira le notaire qui avait un faible pour la comtesse d'Aringdale sans avoir le courage de la défendre ; vous devriez me laisser d'abord le temps de faire discrètement une enquête.

— Une enquête !.. ah ! Seigneur, que dites-vous là !... Une enquête en vos mains !... en ces lourdes mains qui n'ont jamais perpétré que des actes légaux et des perquisitions officielles !... n'en parlons plus, voulez-vous ?

— Enfin, qu'allez-vous faire ?

— Vous verrez, vous verrez. Vous me reconnaissez, je pense, une certaine perspicacité dans les affaires épineuses ?

M. Champlin courba la tête sur ses paperasses pour cacher le doute de sa physionomie et la tante Danielle, maîtresse du terrain, sortit triomphalement de l'étude.

— Jenny, ma chère insouciante, dit-elle en embrassant sa nièce, tu mesureras quelque jour la tendresse de ta vieille tante à tout ce qu'elle entreprend pour ton bonheur !

Jenny, qui se trouvait parfaitement heureuse, sauf les éternelles plaintes d'Emile Dollins sur le retard apporté à leur union, ne comprit pas du tout la nouvelle preuve d'affection que lui préparait Mlle de Laurage.

Pour celle-ci, si peu cruelle d'ordinaire aux cœurs souffrants de ce monde, elle se jetait follement dans cette aventure avec l'irréflexion de sa nature primesautière et l'arrière-pensée de ne noyer l'une que pour mieux repêcher l'autre. Oh ! les jugements humains !...

D'un geste superbe, elle consolida sur sa tête son chapeau empanaché, s'enveloppa d'une pelisse et prit à grands pas le chemin de Chenocé. Au premier détour de la route, elle rencontra lady Harriett qu'elle croyait avoir laissée dans sa chambre.

— Je vous attendais, dit la jeune fille.

— Où voulez-vous donc aller, Mademoiselle ?

— A Chenocé.

— Mais vous venez d'en sortir avec éclat.

— J'allais réclamer votre protection. Elle m'est acquise. Je vais maintenant, appuyée sur votre bras, confondre la comtesse d'Aringdale, jouir de sa confusion et la quitter ensuite pour jamais.

La tante Danielle ne fut pas du tout charmée de cet arrangement ; elle aimait assez à se débrouiller toute seule dans les difficultés d'une situation si délicate. Il ne lui plaisait guère d'avoir ce témoin inattendu de la façon dont elle comptait surprendre enfin les fantastiques histoires du château.

Toutefois, Harriett se faisant douce et suppliante, elle ne put opposer de refus bien positif et son hésitation grincheuse fut prise adroitement par la jeune fille pour un consentement tacite. C'est qu'elle avait son but aussi, la vindicative créature, et qu'elle craignait, en laissant Mlle de Laurage aller seule à Chenocé, ne pas en connaître à fond ce qu'il importait à sa rancune d'en savoir.

Les deux femmes marchèrent très-vite, sans échanger un mot. Comme elles approchaient de l'avenue, elles en virent sortir M. de Torisan, qui ne les aperçut pas et se dirigea vers le haut du village.

— Elle a trouvé un chevalier servant, sans doute, dit lady Harriett.

La tante Danielle haussa les épaules sans répondre.

En effet, après la foudroyante accusation implicitement portée par Harriett contre sa belle-mère, Armand était allé droit à Chenocé, avait demandé lady Suzanne et, dans le trouble de ses sentiments, lui avait dit :

— On vous accuse. Me permettez-vous de vous défendre hautement ?

— Laissez dire, et ne me défendez pas, avait répondu la pauvre femme.

— Vous l'ordonnez ?

— Je vous en prie.

— Sans même connaître les faits dont on vous charge ?

— Oh ! qu'importe ? Dieu me voit.

— Vous me réduisez à l'impuisasnce. Ma présence inutile me devient un martyre.

— Voici longtemps que je vous dis : partez.

— Et si j'obéis enfin ?

— Vous agirez avec convenance.

Armand s'était levé, sentant que ce court dia-

logue décidait sa destinée, avait respectueusement
baisé la main qu'on lui tendait en signe de reconnaissance, et, sans ajouter une parole, avait quitté
Chenocé, bien convaincu qu'il n'y rentrerait jamais.

Lady Suzanne, restée seule, s'était agenouillée
humblement, le front penché comme une péni-
tente et le regard brillant comme une martyre. Il
lui venait aux lèvres des mots amers et des san-
glots, mais les larmes se séchaient sous ses paupières brûlantes et les plaintes douloureuses se
changèrent en prières. Comme elle pria!... Qu'il
fallait de foi ou de repentir pour prier ainsi!

Elle se relevait à peine que James annonça :

— Mlle de Laurage, lady Harriett Holygood.

XVI

Mieux valait l'ignorance

Lady Suzanne salua Mme de Laurage d'un air interrogatif; aussi bien fallait-il en venir au plus tôt au but de cette visite.

— Lady Harriett a craint, Madame, que vous ne vous méprissiez sur le sens de son éloignement du château, dit la vieille fille avec plus d'embarras qu'elle ne croyait devoir en ressentir; je viens, à sa demande, rétablir les faits dans leur véritable jour.

— Dites, Mademoiselle, répondit lady Suzanne d'un ton glacial.

— Lady Harriett ne peut pas, ne doit pas être compromise dans les récits qui ont cours sur les agissements des habitants de Chenocé; elle a choisi

13

pour refuge la maison de mon frère, en attendant
qu'elle puisse retourner en Angleterre.

— Elle le peut dès ce soir, Mademoiselle, dit
gravement la jeune femme; l'éducation anglaise
émancipe les jeunes filles à l'âge où nous n'osons
pas, en France, faire un pas toutes seules. Lady
Harriett, qui me paraît dévorée du besoin de se
nuire,... infiniment plus qu'elle ne le suppose, est
donc libre de rentrer dans sa patrie.

— Elle y rentrera, mais elle veut pouvoir le faire
la tête haute.

— Je le souhaite, sans l'espérer.

— Que voulez-vous faire entendre, Madame?

— Et vous, Mademoiselle, à quelle insinuation
odieuse prêtez-vous le concours de votre loyauté?

— Je regrette d'avoir à préciser, Madame. Toutefois, je dois déclarer que le voisinage de la Tour-
aux-Lierres est inadmissible pour une jeune personne de la qualité et des principes de lady Harriett.

Une douleur inouïe se répandit comme un voile
sur les traits altérés de la jeune femme, à ce coup
qu'elle attendait pourtant.

—La Tour-aux-Lierres! répéta-t-elle d'une voix brisée.

— La Tour-aux-Lierres, dont je voulais faire un oratoire et dont vous avez fait, vous, un boudoir, siffla lady Harriett.

Sur les lèvres de la comtesse il vint un sourire à cette accusation, et quel sourire!... c'était la lassitude absolue, l'abnégation de toute volonté, le renoncement suprême à la lutte.

Et tandis que cet effrayant sourire se figeait sur ses lèvres glacées, lady Suzanne se leva avec hauteur:

— Veuillez me suivre, dit-elle.

— Où cela? fit la tante Danielle, d'un air de pudeur alarmée.

— Dans le seul lieu où il importe de conduire qui me calomnie.

— Ne pouvez-vous donc nous expliquer, Madame?...

— Rien. Lady Harriett va savoir, prononça lady Suzanne de sa voix profonde.

— Soit, je saurai, murmura la jeune fille; voilà un an que la soif de la vérité me dévore.

— Puissiez-vous ne pas trouver la boisson trop amère, conclut la comtesse d'Aringdale en sortant la première du salon.

La jeune Anglaise s'élança derrière elle et la tante Danielle, emportée par le tourbillon, suivit avec majesté.

Dans le vestibule, lady Suzanne donna l'ordre à James de les précéder à la Tour-aux-Lierres. A cet ordre, qui lui parut exorbitant, la face enluminée du vieux serviteur passa instantanément du rouge violacé au jaune-orange. Ses yeux papillotèrent de sa maîtresse à la jeune lady, et de celle-ci à Mᵐᵉ de Laurage avec une surprise qui approchait de l'hébètement.

— A la Tour-aux-Lierres, répéta fermement la châtelaine d'un ton qui n'admettait pas d'hésitation.

James, dont le respect clouait la bouche, se permit encore un geste de supplication désespérée et n'obtenant qu'un silence de marbre, il chercha, d'une main tremblante, une clé à sa ceinture.

— Par les caves ou par le parc? interrogea-t-il.

— Par le parc.

Il ouvrit la grande porte sur le perron, prit une bêche et un râteau et précéda les promeneuses. Quelle promenade!... il faisait grand jour et le parc rougi par l'automne avait encore de sévères beautés. Mais laquelle de ces trois femmes rongées par la douleur, la curiosité et l'amour des aventures, songeait à les admirer?

On prit le sentier touffu, on traversa le rond-point, on s'enfonça dans les fourrés. Il y avait là une sorte de chapelle en ruines dont il ne restait guère que les quatre murs, et une sorte de crypte dont l'entrée était obstruée par des broussailles.

James les écarta de sa bêche. Lady Suzanne passa; ses compagnes la suivirent. Cela vous avait des allures de souterrain et n'en était certainement pas un. C'était plutôt une sorte de passage voûté appuyé d'un côté à un mur de pierres sèches, de l'autre à une forte palissade plaquée de terre et de gazon.

Dans le pays on rencontre souvent des retraits de ce genre autour des vieilles habitations. On y rentre des céréales à l'époque des récoltes; on y met les barriques qui encombrent les celliers. On n'en construit plus, mais le paysan utilise ceux que lui a légués un autre âge.

Celui-ci paraissait avoir plus de développement qu'on n'en donnait d'ordinaire à ces passages. Il devait avoir été fait pour la commodité des anciennes châtelaines de Chenocé, venant prier à la chapelle, ou des seigneurs allant discrètement battre les environs dans leurs heures d'ennui.

On y marchait à l'aise, sans bruit, sur du sable fin. Le jour y tombait par des trous irréguliers pratiqués entre les pierres sèches. Au delà, c'était la limite extrême du parc.

La tante Danielle aurait désiré une mise en scène plus sombre. Harriett, sceptique et l'œil dédaigneux, notait chaque accident du terrain par une petite moue railleuse.

Bien plus vite qu'elle ne l'eut supposé, les promeneurs arrivèrent à une sorte de cave où prenait pied un escalier tournant. Par une ouverture béante, encombrée de pierres éboulées, on apercevait la cour intérieure du château. Le détour avait été grand et l'on revenait presqu'au point de départ.

— Vous êtes dans la Tour-aux-Lierres, lady Harriett, dit la voix glacée de la jeune femme.

— Je crois la reconnaître, Milady, répondit Harriett, du ton acerbe qu'elle avait adopté.

Elle compta curieusement les marches; il n'y en avait que cinquante-quatre avant de rencontrer une porte verrouillée que James ouvrit. Une seconde rampe tournante, de trente marches seulement, continuait dans l'ombre son ascension. Seconde porte, seconde clé, seconde ouverture, sur le seuil de laquelle James demeura debout en s'effaçant le plus possible.

La comtesse invita du geste ses compagnes à pénétrer dans une pièce ronde comme la tourelle, que des fenêtres placées très-haut éclairaient d'un jour riant. Ce devait être un cabinet de travail, à en juger par l'ameublement sévère de cuir capitonné, la bibliothèque aux rayons chargés de livres, et, sur un bureau, de nombreux papiers amoncelés sans ordre autour d'un encrier gigantesque.

Il ne se trouvait personne dans cette pièce, qu'une portière de velours grenat séparait seule d'un autre appartement. Au bruit léger des robes de femmes sur le tapis de haute laine, la portière s'ouvrit discrètement et un homme parut dans l'encadrement de velours.

C'était un vieillard de haute taille et de haute mine, dont les rares cheveux blancs se hérissaient, çà et là, sur le crâne dénudé. Son costume noir, d'une irréprochable correction, faisait ressortir la pâleur maladive de son teint; ses longues mains, presque diaphanes, retombaient inertes le long de son corps.

— Qu'est-ce, James?... que me veut-on? demanda-t-il d'une voix grave.

A cette apparition, Harriett avait blêmi; au son de cette voix, elle tressaillit tout entière et le sang parut se glacer dans ses artères. Puis, elle marcha en avant, les mains étendues vers cet homme comme pour faire reculer le menaçant fantôme.

Le fantôme sourit et salua de la tête.

— Une solliciteuse, sans doute? fit-il; que désirez-vous, Miss?

Une stupéfaction sans pareille semblait paralyser la jeune fille. De ses yeux effroyablement ouverts sortaient des rayons affolés et sa gorge sèche ne laissait pas échapper le cri qui voulait en jaillir.

— Elle a voulu savoir. Elle sait! murmura lady Suzanne.

Harriett avançait toujours. Quand ses mains touchèrent les vêtements du fantôme et, qu'à travers l'étoffe souple, elle sentit la chaleur et la vie, le cri qui s'étranglait dans sa poitrine s'en échappa enfin.

— Mon père!... monpère!...

Et elle tomba sur ses genoux.

L'homme se baissa et la considéra d'un air étonné :

— Calmez-vous, dit-il; on vous aidera à obtenir justice.

Il attira à lui un grand fauteuil, s'assit lentement, commodément, prenant la pose d'un auditeur animé des meilleures intentions.

13.

— Parlez, Miss... vous réclamez votre père, ce me semble?

Toujours agenouillée, lady Harriett le contemplait avec effarement.

— Voyons, ayez confiance, fit-il avec bonté, et surtout expliquez-vous bien clairement, Miss.

Elle se traîna jusqu'au fauteuil en tendant les mains.

— Est-ce bien vous? disait-elle, est-ce bien lui?... Pourquoi m'avoir dit qu'il était mort?... quelle est donc cette nouvelle trame?

— Vous êtes bien diffuse, ma pauvre enfant; qui donc est mort?

— Qui est mort?... vous me le demandez... vous, lord Holygood?... vous... comte d'Aringdale?...

— Lord Holygood, comte d'Aringdale, grand chancelier d'Angleterre, est tout disposé à vous être utile, Miss; mais encore faut-il vous comprendre.

— Mais, au nom du ciel!... reconnaissez-moi donc... mon père!... je vous en supplie!...

— Ainsi votre père est mort, Miss?... non, ce n'est pas cela?... condamné seulement?... Aurait-on commis quelque vice de forme dans la procédure? S'il en est ainsi, nous réviserons le jugement. C'est inimaginable, Miss, ce qu'il se commet d'erreurs judiciaires dans les contrées les plus civilisées. Je voue ma vie à les réparer, mais je suis écrasé sous le nombre.

— Ainsi vous ne reconnaissez plus Harriett, votre Harriet?

— Attendez... j'ai connu miss Harriett Ahsley qui fut poursuivie pour complicité de vol et qui était innocente.

— O Seigneur!... Seigneur!... la vue de sa fille ne lui rappelle rien!... sanglota la jeune fille.

Alors, se relevant, elle vint entourer de ses bras le cou du prisonnier en murmurant des paroles tendres.

Il la regarda avec une surprise hautaine; ses yeux dilatés exprimèrent successivement la pitié, puis la colère.

— Holà! cria-t-il tout à coup, cette fille est folle! qu'on l'emmène.

Harriett se rejeta en arrière, et, bondissant vers lady Suzanne que la porte entr'ouverte avait jusque là dissimulée :

— Qu'en avez-vous fait?... un fou vaut-il mieux qu'un cadavre?

Lord Holygood avait suivi des yeux le mouvement de sa fille, ce qui lui permit d'apercevoir la jeune femme. Sa physionomie courroucée se modifia subitement et tout son extérieur revêtit l'apparence la plus profondément respectueuse.

— La reine! prononça-t-il en s'inclinant jusqu'à terre.

— Je tenais à dire à Votre Seigneurie, dit lady Suzanne en se prêtant avec un triste sourire à cette navrante illusion, que je ne pourrai causer avec Elle ce soir des affaires de l'Etat, sous les ombrages de Windsor; mais James, mon secrétaire, servira d'intermédiaire entre Votre Seigneurie et moi.

Le comte d'Aringdale s'inclina plus profondément encore, tandis que lady Suzanne se retirait avec lenteur. Harriett, écrasée, la suivit.

La tante Danielle se détacha du mur où elle était restée collée pendant cette scène fantastique et sortit la dernière. La porte refermée par James rendit un son lourd derrière elle.

XVII

Après les courses

Les trois femmes suivirent cette fois un corridor étroit qui les conduisit au milieu des ronces et des piliers de la grande cour. En se retrouvant au clair soleil, après cette vision étrange, elles échangèrent un long regard. Le front de lady Suzanne resplendissait comme celui d'une martyre.

Elles rentrèrent au salon sans échanger un mot. Le baron d'Exaudrille s'y trouvait. Une intelligence encore plus voilée que la sienne aurait compris, à la seule inspection des physionomies, qu'il venait de se passer un fait anormal à Chenocé.

— Qu'y a-t-il donc, ma chère Suzanne? dit-il avec inquiétude.

Sa nièce vint à lui, mit un baiser au front du vieillard et doucement :

— Paix! fit-elle; ne vous alarmez pas : une misère !

— Non, vous ne me donnerez pas le change. Quelque chose vous a peinée, n'est-ce pas?

— Oh! fit Harriett en se dressant toute farouche devant lady Suzanne, c'est la pensée des rendements de comptes, sans doute. Milady, j'ai vu, mais je n'ai pas compris.

— Mon oncle, expliqua simplement la jeune femme, nous revenons de la Tour-aux-Lierres.

— Miséricorde! exclama le bonhomme.

— Ah! vous aussi, monsieur le baron, dit lady Harriett avec aigreur... vous aussi! vous étiez confident ou complice?

— Confident depuis bien peu de jours d'une grande douleur, oui; et je ne me pardonnerai jamais d'avoir vécu deux ans tout entiers près de ma chère Suzanne sans avoir deviné son martyre.

— A votre aise, monsieur le baron. A mes yeux, ce que vous appelez le *martyre* de Milady,

je l'appelle, moi, la *séquestration* du comte d'A-
ringdale.

Et se retournant vers lady Suzanne :

— Je vous accuse, Milady, d'avoir séquestré
mon père.

— C'est vrai, dit la voix grave de la jeune
femme.

— Et maintenant, je veux apprendre de votre
bouche le motif de cette comédie odieuse, le men-
songe de cette mort, l'hypocrisie de votre deuil.

— Eh! parlez donc, ma pauvre chère enfant,
parlez donc! s'écria le vieillard en sortant brusquement de sa placidité. Faites donc, devant les
yeux de cette aveuglée, une lumière foudroyante.

— Il le faut! il le faut! insista Harriett dont
les yeux durs lançaient des éclairs de colère.

— Soit! il le faut! dit enfin la comtesse. Dieu
m'est témoin, cependant, que pour éviter le récit
que je vais vous faire, lady Harriett, et que vous
devez écouter aussi, mademoiselle de Laurage, j'ai
tenté des miracles... et j'y ai presque réussi.
J'ai fui l'Angleterre, j'ai muré ma vie, j'ai appris

à dissimuler, j'ai menti! j'ai senti grandir la calomnie et je l'ai bravée.

— C'était un tort, Suzanne. Ah! que ne m'a-
vez-vous pris pour arbitre entre la destinée et
vous!... grommela le baron d'Exaudrille.

— Tant d'efforts ont été mis à néant par votre
curiosité fatale, lady Harriett, continua lady Suzanne. Or, saviez-vous quel était le secret que vous
poursuiviez avec l'ardeur des désirs mauvais ?

— Je viens de le voir, dit Harriett.

— Vous n'en avez aucune idée.

— Vous dites?...

— Que la folie de lord Holygood serait avouée
depuis longtemps s'il n'y avait qu'elle en jeu
dans ce triste drame.

— Il y aurait donc encore?...

— Il y a l'honneur de votre nom.

Lady Harriett fit un geste violent.

— Ecoutez, dit sévèrement le vieillard.

— J'étais mariée depuis deux ans, reprit lady
Suzanne. J'apportais tous mes soins à reconnaître
les grandes qualités de votre père, lady Harriett

pour ne pas apercevoir les défauts de caractère qui rendaient sa société difficile même à ses plus anciennes relations. L'extrême irritabilité de ses nerfs, la spontanéité de ses impressions, sa violence à les exprimer avaient créé au comte d'Aringdale de nombreux ennemis. A cette époque, cette irritation augmenta par suite de désappointements politiques, de pertes désastreuses, de paris ruineux. Le comte était un sportman déterminé, longtemps heureux, mais qu'une chance impitoyable maltraitait sans trêve alors.

« Les distractions lui étaient à charge, les occupations sérieuses s'alliaient mal avec l'altération croissante de son humeur; les plus légères contrariétés lui étaient d'incessants prétextes à des colères insensées. Il s'en prenait à tout et à tous de son échec à la cour, de l'insuccès de ses opérations financières et du mauvais sort jeté sur ses écuries.

« Lui, toujours généreux, il rançonna ses fermiers, poursuivit ses débiteurs et montra si peu de miséricorde qu'il fut ouvertement menacé par

des tenanciers exaspérés de vengeance et de repré-
sailles. Un soir même, il fut attaqué en traversant
un bois pour rentrer à Aringdale s'Castle et ne dut
qu'à la vitesse de son cheval de ne pas tomber
sous le poignard d'ennemis misérables et affa-
més.

« Cette aventure me causa des craintes graves
et je le suppliai de ne plus sortir qu'armé, ce qu'il
fit.

« On était à la veille des courses d'Epsom.
Vous savez la grandeur des enjeux, la folie des
paris, l'empressement de la foule, la rivalité des
sportmen, les espérances et les ruines de cette
journée mémorable en Angleterre.

« Lord Holygood avait un cheval merveilleux,
Antilop, un excellent entraîneur, l'espoir, la certitude de gagner le grand prix. Il fallait que les
pertes d'argent subies par lui eussent été bien
considérables pour qu'il attachât une importance
si capitale à la valeur de ce prix et à celle des paris
qui ne pouvaient manquer de s'engager sur son
cheval.

« L'orgueil s'en mêlait en outre, depuis qu'il savait avoir pour rival, sur le turf comme à Windsor, lord Rickswood, un futur ministre, un sportman de la plus grande distinction, qui devait monter lui-même sa jument favorite *Arabella*.

« Une fièvre d'impatience le dévorait. Le jour d'Epsom, il était rayonnant d'espoir et alarmant de violence. Je tremblais en me rendant aux courses avec lui. Je ne vous dirai pas la foule, le bruit, les hurrahs; nous voici au grand prix.

« *Antilop*, *Arabella* et dix autres chevaux ont entendu le signal et s'élancent en dévorant l'espace. *Arabella* a de l'avance, mais *Antilop*, aux jambes nerveuses, habilement ménagée, la rejoint et la dépasse. Lord Holygood étouffe un hurrah par pudeur. La foule ondule... les paris montent... montent comme une marée!

« Tout à coup, *Antilop* faiblit; *Arabella*, enlevée par lord Rickswood, prend la tête. Le prince de Galles, qui honore le jeune lord de son amitié, laisse échapper un geste joyeusement approbatif.

Votre père vacille sur ses pieds comme un homme
ivre. Le poteau est atteint par *Arabella*. *Antilop*,
distancé, n'arrive plus qu'en troisième ligne.

« Votre père était effrayant à voir. De ses yeux
injectés sortait une flamme sinistre; une sorte
d'écume souillait ses lèvres. Je l'entraînai vers la
voiture en ordonnant au cocher de nous conduire
grand train.

« Je ne pus obtenir qu'un mot du comte
d'Aringdale, et ce mot était une terrible accusation : « La course est déloyale, mon jockey est
vendu ! » avait-il bégayé. Puis il retomba dans
son silence farouche, mille fois plus terrible dans
cette ardente nature qu'un accès de fureur.

« Lasse de lui parler doucement, je me rejetai
au fond de la calèche, priant avec ferveur pour la
paix de cette âme troublée que les événements
bouleversaient avec tant de violence. A ce moment, une déplorable fatalité nous fit rencontrer,
à la croisée de deux routes, *Antilop* qui revenait
tristement, tenue par son jockey dont la contenance était embarrassée. Peut-être était-ce seule-

ment le résultat de son échec. Les yeux de flamme du comte d'Aringdale y virent l'aveu de sa faute.

« A quelque distance en arrière, sur la route, galopait lord Rickswood, qui trouvait de bon goût de se soustraire à une ovation et regagnait seul son château, proche du nôtre.

« Le comte l'aperçut-il?... et cette vue enflamma-t-elle jusqu'au délire la rage folle qui bouillonnait en lui? Ne vit-il au contraire que l'infortuné entraîneur dont il se croyait trahi au profit de son rival? Je ne sais, mais sous l'empire d'une hallucination sanglante, sans dire un mot, sans que rien me fît pressentir son horrible dessein, il saisit dans la poche de la calèche un des revolvers que j'y avais fait déposer pour sa sûreté, et, visant le jockey, il lâcha la détente.

« Le jockey, touché en pleine poitrine, s'abattit, sans pousser une plainte.

« Je jetai un cri et me dressai, toute droite, dans la calèche, tandis que James, le cocher, arrêtait brusquement les chevaux. Je fis un effort pour descendre au secours du malheureux.

Avant que j'eusse mis un pied hors de la voiture, j'entendis un galop rapide derrière nous; lord Rickswood nous rejoignait à fond de train.

« Pâle comme le cadavre couché sur la route, il sauta sur le marche-pied de la calèche pour arracher le revolver des mains de votre père. Celui-ci résista. Cette intervention inattendue, fatale, achevait de l'exalter.

« Lord Rickswood, jeune, robuste, indigné, avait saisi son bras et le maintenait avec force. Le visage de votre père faisait peur.

— Lâchez-moi, Mylord, bégaya-t-il avec fureur.

— Rendez-moi votre arme, Mylord Holygood, répondit le jeune homme avec fermeté.

— Vous êtes un impertinent!

— Et vous, un assassin !...

« Ce mot n'était pas prononcé, que le comte d'Aringdale, se dégageant par un mouvement d'une force inouïe, ajusta lord Rickswood, et fit feu....

« Je ne vis rien de plus. Mes yeux se fermèrent

d'épouvante. James enleva ses chevaux qui partirent au triple galop. Où nous conduisait-il ? Peut-être l'ignorait-il lui-même ; il fuyait instinctivement le lieu du crime. Il s'en aperçut tout à coup et voulut tourner bride dans la direction d'Aringdales'Castle Lord Holygood bondit sur les coussins.

— Pas là ! pas là ! cria-t-il de cette voix affolée que je ne lui connaissais pas... Pas là !... on viendrait m'y chercher.

« La calèche repartit dans une autre direction.

« On viendrait l'y chercher... qui donc ? L'idée de la justice humaine me vint alors seulement à l'esprit et j'entrevis, en une seconde, la plus infernale des visions. Le comte d'Aringdale la voyait en même temps. Ses paupières battaient et de ses lèvres, que l'écume mouillait encore, tombaient des mots entrecoupés.

— La cour du ban de la Reine ! murmurait-il ;... assassinat... pendaison... l'aristocratie... justice... justice !

« Tout à coup il tourna vers moi ses yeux plus

11

adoucis. Un voile douloureux se répandait sur ses traits convulsés.

— Milady, me dit-il, je vous demande pardon du sang que je vais mettre sur votre robe; mais, vous voyez bien qu'il me faut mourir.

— Mourir! répétai-je.

— Voulez-vous que l'on me juge?

— Mourir!

— Voulez-vous que l'on me pende?

— O Mylord!... vous étiez fou.

— Je le crois, fit-il avec un calme subit. Mais d'autres ne le croiront pas. On a trop abusé de la folie.

« Il se baissa pour relever le revolver tombé, tout fumant, à mes pieds. Plus prompte que lui, je m'en emparai et le lançai dans une mare que la voiture côtoyait.

« Il laissa échapper un jurement effroyable, m'enveloppa d'un regard haineux et meurtrissant mes poignets avec rage :

— Vous donnez ma tête à Calcraft!

« James se retourna à demi sur son siége.

— Milady veut être conduite à Londres, 'n'est-ce pas? demanda-t-il.

— Hélas!... le sais-je? fis-je en essayant de retirer mes mains de l'étau vivant qui les broyait.

— Milady va conduire Mylord au train de Londres pour New-Haven, continua James avec une lucidité merveilleuse; ce soir, de New-Haven, le paquebot part pour Boulogne. Demain Mylord et Milady seront en France.

« Ce fut un éclair.

— Allons en France ! m'écriai-je avec joie.

— Et l'extradition? prononça froidement lord Holygood dont l'exaltation avait de nouveau disparu.

« Oui, j'avais affaire à un fou, à un fou dangereux, mais que le public avait toujours trouvé en pleine possession de sa raison. Cette raison, même à cette heure épouvantable, ne l'abandonnait que par éclairs et renaissait aussitôt.

« Ce mot d'extradition fit tomber mon enthousiasme.

— Il eût été plus simple de me laisser mourir, reprit-il.

« Cependant je rêvais à le sauver et, pour éloigner de son esprit malade cette pensée de suicide qui m'épouvantait, je lui parlai de sa fille, de vous, lady Harriett qu'il aimait. Je croyais avoir endormi sa dangereuse idée fixe, je n'avais fait qu'éveiller en lui une douleur plus sensible.

— Harriett! s'écria-t-il, d'un ton déchirant; ah! comme elle va me mépriser!

« Ce fut un cri réellement humain après tant d'horreurs inhumaines.

— J'accepterais encore la honte de mon crime, reprit-il brutalement, devant mon pays, jamais devant ma fille.

— Votre fille partagera nos douleurs.

— Ma fille!... je ne veux pas rougir devant elle, entendez-vous, Milady, jamais!... jamais!... jamais!...

« Je voyais la flamme se rallumer dans ses yeux; je voyais le sang affluer à son visage blême. Cette crainte de déchoir dans l'estime de son unique enfant me parut touchante et m'inspira subitement un projet énergique.

— Si vous étiez mort tout à l'heure, Mylord, Harriett vous eût pleuré. Elle eût gardé sur vous toutes ses croyances et rien n'eût affaibli le respect qu'elle vous porte. Fuyez; je lui dirai de vous donner ses larmes, ses regrets; je lui dirai que vous êtes mort.

— Et vous croyez?...

— Et j'étoufferai si bien autour d'elle le bruit de cette journée affreuse qu'elle en ignorera toujours les détails. Je gagnerai ceux qui l'entourent, je sèmerai l'or qui nous reste pour lui garder ses illusions filiales, pour vous conserver le cœur de votre enfant. Le voulez-vous?

« Il versa des larmes sur mes mains. Etrange et violente nature!... Il m'eût broyée tout à l'heure; il me bénissait maintenant.

— A Londres! criai-je à James.

XVIII

Le mensonge d'une femme loyale

« La calèche fila comme un trait. En ces instants suprêmes, où la tête du comte d'Aringdale
tenait à la réussite de mon plan, peut-être in-
sensé, une énergie virile doubla tout à coup mon
indolence naturelle. Je songeai à tout; je répon-
dis de tout. Je distribuai les rôles dans cette tra-
gédie. James devait partir avec son maître, lui
trouver une retraite à Paris, m'y attendre, et cor-
respondre jusque-là avec moi par l'entremise de
Ketty, sa vieille mère.

« Nous arrivâmes à Londres, puis à la gare. Le
train allait partir. Je serrai cette main homicide,
non sans frémir. Je touchai aussi celle du brave
serviteur qui allait m'aider à sauver, si c'était

possible, l'honneur d'Aringdale. Le train partit avec des sifflements aigus qui me déchirèrent l'âme, et je me trouvai seule!... seule, avec un secret horrible et une tâche immense à remplir.

« J'avais confié la garde de ma voiture, dans un quartier assez éloigné de la gare, à un garçon d'écurie. Je lui demandai s'il pouvait me reconduire, mon cocher s'étant enivré. Il monta sur le siége et me ramena, à la nuit noire, dans le château désert qui me parut un sépulcre. Quelle nuit je passai là!... Mes cheveux ne blanchirent pas et j'en suis étonnée. Les domestiques, qui fêtaient les courses à l'office, ne purent constater l'absence du comte d'Aringdale, que je déclarai souffrant et voulus servir moi-même.

« Le lendemain, les bruits de Londres m'arrivèrent. Nous n'avions pas été vus. Lord Rickswood n'était pas mort, la mâchoire était à demi fracassée, il ne parlait pas, il avait le délire.

« Le malheureux jockey, relevé mort sur la route, fut reconnu par des camarades et rapporté au château. On attribua le coup de feu qu'il avait essuyé à une rixe entre rivaux. Il y eut même une arrestation d'opérée qui fut suivie d'un élargissement presque immédiat, faute de preuves.

« Je lui fis faire des funérailles convenables, en alléguant une grave indisposition de lord Holygood, qui ne pouvait y paraître avec toute sa maison.

« Il fallait me confier à quelqu'un. Je ne pouvais porter sans un aide l'écrasant fardeau que je m'étais imposé. Ce fut lord Balmers, le meilleur ami de votre père, que je mis dans la douloureuse confidence. Comme moi il avait jugé l'état mental du comte ; comme moi aussi il comprenait que si l'aristocratie anglaise, où il s'était créé tant d'ennemis par sa morgue et sa violence, lui était peut-être encore favorable, le peuple s'emparerait de cette cause célèbre avec avidité et que ses ennemis politiques ne laisseraient pas échapper cette occasion unique de déshonorer un adversaire redouté.

« Il m'affirma, du reste, qu'il m'aiderait et me soutiendrait contre Londres tout entier. Mais il fallait se hâter. Il débuta par m'amener un méde-

cin américain d'une réputation positive et d'une
conscience douteuse ; charlatan plein de valeur et
d'audace, perdu de dettes, qui avait réussi à s'imposer à certaines maisons aristocratiques où, sans
l'estimer, on appréciait fort ses services.

« Avec un peu d'or on pouvait attendre quelque
chose de son dévouement mercenaire. Avec beaucoup d'or, il vous appartenait. Lord Balmers était
riche.

« J'envoyai dans notre ferme du Yorkshire la
moitié de nos gens et les chevaux pour y attendre
notre prochaine installation. Je congédiai le reste
sous divers prétextes, ne conservant que la vieille
Ketty. Le bruit de la maladie grandissante du
comte d'Aringdale commençait à se répandre.

— Tout ira bien, me disait lord Balmers, si lord
Rickswood ne parle pas d'ici à quelques jours.

« Je me consumais d'inquiétude et j'attendais.
J'avais eu soin de vous prévenir, lady Harriett, de
la maladie de votre père et je réalisais sous main
les débris de notre fortune, prête à les offrir à
qui m'aidait. Cela ne tarda pas.

« Le mieux paraissant s'accentuer dans l'état général de lord Rickswood, le docteur américain jugea le moment venu d'annoncer la mort du comte. Grassement payé lui-même, il sut également payer de belles paroles et de guinées sonnantes ceux qui durent présider aux formalités légales, infiniment moins minutieuses en Angleterre qu'en France.

« A l'heure même où un mendiant, décédé dans un workhouse et réclamé par le docteur pour ses études anatomiques, était conduit par toute la noblesse anglaise à sa dernière demeure sous le nom de lord Holygood, comte d'Aringdale, lord Rickswood recouvrait assez de connaissance non pour parler, mais pour écrire presqu'illisiblement le nom de son meurtrier.

« En découvrant avec stupeur que c'était le défunt de la veille, la famille du blessé fut subitement frappée de quelques particularités restées inexplicables. On rechercha les coïncidences de dates, la maladie de l'un répondant à la blessure de l'autre, la mort du jockey dont la police ne s'occupait déjà plus. On ne mit toutefois pas en doute les allégations du docteur, ni en suspicion l'enquête du coroner, mais, sur la tombe fraîche du comte d'Aringdale, on agita la question de sa culpabilité. Londres se partagea en deux camps : dans l'un on estimait que le comte avait été miné par le remords; dans l'autre on laissait entendre qu'il avait mis fin à ses jours pour prévenir une enquête déshonorante.

« J'aurais voulu vous arracher à cette terre où votre nom retentissait de tant de manières douloureuses; mais il fallait d'abord, pour tenir ma promesse solennelle à votre père, le mettre, lui, à l'abri de toutes recherches des autorités anglaises et de toute découverte de votre part.

« Je vous laissai donc dans le pensionnat où vous terminiez votre éducation, et dont la directrice reçut mes instructions dorées pour ne pas laisser arriver jusqu'à vous les nouvelles du dehors. Vos plaintes, lady Harriett, m'ont prouvé qu'elle avait consciencieusement rempli mes instructions.

« Ce fut après mon départ que l'opinion publique s'acharna le plus violemment contre la mémoire de votre malheureux père. Lord Balmers dépensa son influence, son argent, son autorité pour arrêter ce débordement de rancunes que tous les partis, que tous les adversaires du comte d'Aringdale déversaient sur notre famille. Puis, lentement, peu à peu, le silence, sinon l'oubli, se fit sur ce drame. Lord Rickswood se mit à voyager quand son état de santé le permit et lord Balmers put m'écrire :

« Soyez prudents et tous les dangers sont conjurés. »

« Cependant, la déclaration de lord Rickswood, les attaques de la presse de Londres avaient porté au comble les souffrances morales de votre père. Le quartier vulgaire qu'il habitait à Paris, par surcroît de précautions, le nom d'emprunt qu'il portait, les vêtements humbles qu'il avait adoptés, tous ces détails irritants d'une existence fausse l'exaltaient outre mesure. Je dus songer à lui donner une retraite salubre, à la campagne, assez

15

solitaire pour y vivre à l'écart, assez vaste pour lui permettre de donner cours au besoin d'activité qu'il avait alors.

« La Touraine ne m'offrit rien de pareil. La Bretagne était humide et froide; le Midi me rappelait de pénibles souvenirs personnels. Je découvris enfin Chenocé... et j'y rêvai pour lui la vie de gentilhomme fermier avec son comfort et ses distractions champêtres.

« Déjà, je le voyais en esprit faisant défricher les terres, embellir le parc, élevant des meutes; se donnant un reflet de la vie anglaise qu'il aimait tant. J'espérais que nul compatriote ne le reconnaîtrait dans cette solitude et sous ce nouvel aspect.

« Je songeais aussi à vous rappeler, lady Harriett; je vouldis vous confier, non pas notre criminel secret, trop lourd à porter pour votre jeunesse, mais quelque histoire de jeu ou d'argent que vous auriez comprise juste assez pour garder le respect filial à l'intérieur et l'absolu silence au dehors.

« Il ne le voulut pas. Il me rappela que je lui avais promis de vous laisser ignorer le drame de sa vie et que je ne devais pas l'exposer, par une réunion imprudente, à perdre l'estime de son unique enfant. J'attendis.

« Hélas! mes rêves furent bien courts. La folie, qui courait depuis longtemps dans ce cerveau convulsionné, éclata tout à coup. Lord Balmers m'envoya le docteur américain, qui ne me laissa d'autre espoir que de transformer en folie inoffensive les accès furieux qui nous épouvantaient.

« Seulement, il devenait impossible de donner suite à mes projets de vie agricole et de liberté relative. Le comte d'Aringdale avait la folie communicative; il parlait sans cesse, l'infortuné!... il racontait aux murs de sa chambre, aux arbres du parc, les péripéties de sa triste histoire; il se désignait hautement comme un meurtrier et demandait des juges avec des cris effrayants.

« Oh! le remords et la folie!... quel supplice, pour nous qui l'écoutions, la sueur d'angoisse au front!

« Lord Balmers, qui vint nous visiter à cette
époque, fut d'avis que la prudence la plus vulgaire
m'imposait le devoir de soustraire l'infortuné aux
conséquences de ses propres aveux. Nous dûmes
lui donner pour demeure, à peine arrivés à Chenocó, la Tour-aux-Lierres que James appropria à
son usage avec une grande habileté. Nous veil-
lâmes à ce qu'il ne pût en sortir pour répandre
dans le village des révélations qui le perdraient.
Mais sa santé physique pouvait souffrir du manque d'exercice; James imagina des promenades
nocturnes, auxquelles je me joignais quelquefois,
qui avaient l'avantage — du moins nous l'espé-
rions — de passer inaperçues. Il fallut un strata-
gème pour amener le pauvre fou à quitter, la
nuit, sa retraite, tandis que cette faculté lui était
interdite au grand soleil. Sa monomanie nous
fournit des prétextes. Il se croyait « chancelier du
royaume. » Tantôt ses occupations se prolongeant
jusqu'au soir ne lui permettaient de sortir qu'à
une heure tardive. Tantôt « la Reine » daignait, en
se promenant avec lui dans le parc de Windsor,

l'entretenir des affaires de l'Etat loin des importuns, des courtisans et des envieux.

« Que d'heures lentes et douloureuses j'ai dû passer ainsi, dans l'ombre du parc, causant politique comme un pair d'Angleterre, bâtissant des combinaisons financières, repoussant des *casus belli*, affirmant la prépondérance de ma couronne et la persistance de notre neutralité !

« James attendait à quelque distance, si le malade était calme. Il nous suivait à trois pas, comme un secrétaire bien appris, s'il se manifestait quelques symptômes d'agitation inquiétante. Puis il reconduisait avec respect le *Lordchancelier* à ses appartements de la Tour-aux-Lierres, et la pauvre *Reine* épuisée, grelottante regagnait en courant le triste château.

« Comédie lugubre!... rendue plus difficile encore par votre séjour près de moi, que je n'avais ni le désir ni le droit d'empêcher. Comédie éternelle, dont je redoutais de vous donner le mot fatal, tournant ainsi dans un cercle sans issue, soupçonnée par vous, liée par ma promesse et désireuse avant toutechose de vous conserver dans la sainte ignorance du déshonneur de votre nom !

« Et maintenant vous comprenez, lady Harriett, que rien de l'Angleterre, ni lettres, ni journaux, ni visiteurs, ne devaient entrer à Chenocé!.. Et maintenant vous comprenez le mystère, l'agitation, les terreurs de ma vie. Et maintenaut!.. le voile est levé; vous avez voulu la lumière; ne la trouvez-vous pas trop complète? »

Lady Suzanne, en terminant ce triste récit, tourna vers sa belle-fille son beau visage désolé, comme pour recueillir sur le sien un écho de tant de souffrances si vaillamment portées.

L'orgueil, la jalousie, la haine se livraient une lutte folle dans le cœur d'Harriett, dont on pouvait deviner l'angoisse à la contraction croissante de ses traits. Quant à son corps, immobile sur son siége, on eût pu le croire frappé de catalepsie.

Toutes les idées de la tante Danielle étaient bouleversées. Cette histoire sombre, cette abnégation simple, cette femme calomniée et si méritante jetaient sa conscience dans un trouble profond. Trop loyale pour ne pas reconnaître franchement les torts qu'elle s'était si légèrement donnés envers lady Suzanne, elle n'hésita pas devant une volte-face immédiate, et prit la parole avec une humilité que ses cheveux grisonnants rendaient plus touchante.

— Pardonnez-moi, Madame! dit-elle ; j'ai méconnu votre caractère et soupçonné vos intentions. Je me suis lancée au travers de vos chagrins intimes avec une imprudence que je ne saurais assez déplorer. J'ai parlé avec mes impressions, non avec mon jugement, et croyez-le, moins encore avec mon cœur.

Lady Suzanne leva sur elle des yeux attendris.

— Pardonnez-moi! répéta noblement M{ile} de Laurage.

La jeune femme, par un mouvement spontané, se jeta dans ses bras. Le cœur de la pauvre abandonnée se fondit tout à coup ; elle, qui n'était ni plainte, ni comprise, ni aimée, elle se serra instinctivement dans les bras amis qui s'ouvraient pour elle, comme pour s'en faire un rempart.

La tante Danielle comprit et eut pitié.

— Ne tremblez plus, dit-elle avec énergie; votre secret est en des mains loyales. Je vous défendrai sans vous trahir, foi de Laurage !... et, vous savez, je vaux un homme !

— La fille d'un assassin ! soupira Harriett en se levant comme un automate.

Mlle de Laurage roula vers elle ses grands yeux vifs pleins d'une flamme scintillante. Elle était vraiment la femme des exécutions capitales, et, comme elle venait de le dire, elle valait un homme.

— Mademoiselle, fit-elle nettement, vous trouverez bon, je pense, qu'après les explications plus que satisfaisantes qui viennent d'être données à votre susceptibilité, je revienne sur ma première décision et décline la responsabilité de la tutelle provisoire dont vous aviez bien voulu m'honorer.

Le coup était bien porté, mais elle avait affaire à forte partie.

— Je le trouve d'autant plus naturel, Mademoiselle, répondit avec vivacité lady Harriett, que la réflexion la plus élémentaire m'eût suffi, quand j'aurais été calmée, pour comprendre que je ne pouvais accepter l'hospitalité d'une maison où vous n'êtes vous-même qu'une étrangère.

Mlle de Laurage reçut cette aménité sans sourciller, comme la première punition de sa légèreté coupable : sa tête folle était humiliée ; son cœur excellent cherchait une revanche à prendre.

— Permettez-moi, Madame, dit-elle sur le ton de la prière, de vous amener ce soir même, ignorants de votre vie douloureuse mais convaincus de votre honorabilité immaculée, ceux qui ont pu vous accuser dans le secret de leur pensée ou seulement ne pas élever la voix pour vous défendre. Le voulez-vous ?... Dites ?... Voulez-vous que ce soir, réunis chez vous, autour de vous, nous protestions par notre présence, par notre affectueux empressement, contre tout jugement témérairement porté dans le passé et dans le présent ?

Lady Suzanne, profondément émue, serra les

deux mains de la vieille fille contre ses lèvres et répondit avec l'effusion d'une première joie :

— Oui, venez, venez ; que je puisse me croire encore des amis.

Lorsque la tante Danielle se fut éloignée, Harriett déclara avec sécheresse à sa belle-mère qu'elle regrettait moins de l'avoir amenée, par ses soupçons, à un aveu pénible, puisqu'elle y gagnait de pouvoir prendre sa part d'une tâche aussi sacrée pour la fille du malheureux comte d'Aringdale que pour sa femme. Elle était donc décidée, tant que son père vivrait, à partager les soins qui lui étaient donnés et à adoucir son existence fictive.

Lady Suzanne s'inclina devant ce désir, aussi légitime que gros de prévisions désagréables, avec une silencieuse résignation.

XIX

Réparation

La tante Danielle ne regagna pas directement Bellevue ; elle fit un détour pour entrer chez Mᵐᵉ Servin, où elle désirait voir Armand de Torisan. La veuve lui dit que « Monsieur » était enfermé dans sa chambre avec défense absolue de le déranger.

— Bon ! bon cette consigne-là ne me regarde pas, fit-elle en escaladant le petit escalier par des enjambées de pensionnaire.

La porte était close ; elle se mit à y battre une marche triomphante.

— Ouvrez, mon cher enfant, cria-t-elle ; ouvrez vite, j'apporte de bonnes nouvelles !

De bonnes nouvelles ! après son court et décisif

entretien avec lady Suzanne, quelles bonnes nouvelles pouvaient surgir pour Armand? Aussi,
malgré la pressante invitation de sa vieille amie,
ne se hâta-t-il que lentement d'ouvrir la frêle porte
ébranlée par une nouvelle volée de coups retentis-
sants.

Il était pâle comme un cadavre. Le sourire dont
il essaya de saluer la tante Danielle ressemblait à
un rictus de damné. Il venait de souffrir une agonie morale effroyable, là, seul, dans cette petite
chambre qui avait vu renaître ses rêves et s'évanouir ses espérances.

Il avait maudit lady Suzanne, l'avait accablée de
reproches, s'était juré de la fuir et commençait à
mettre son projet à exécution. Sa malle ouverte,
du linge, des habits, des livres épars sur les meubles parlaient de prompt départ.

— Mon cher enfant, s'écria la vieille fille avec
volubilité, dormez en paix, fermez cette malle et
reprenez votre bonne figure : Harriett est une
petite vipère et Suzanne est un ange!

Le jeune homme, qui connaissait l'exaltation

chronique de ce caractère, éprouva une certaine joie de le voir revenu de ses préventions sur la comtesse; mais ce fut tout.

— Voyons, voyons, vous ne m'entendez donc pas? Je vous réponds, sur ma tête, qu'elle n'a à se reprocher aucune des fantastiques équipées dont la chargeaient sa chipie de belle-fille et la fatalité de certaines apparences.

— Hélas! dit-il tristement, je ne croyais pas qu'elle eût démérité, moi; je ne lui demandais que d'être encore la Suzanne d'autrefois, et vous ne me verrez heureux que si vous m'apportez cette radieuse parole : « elle veut bien être *votre* Suzanne. »

La tante Danielle tressaillit de la tête aux pieds. Son imagination l'avait, une fois encore, emportée hors de toute prudence : le comte d'Aringdale était vivant! et, sans songer, comme une vieille enfant qu'elle était, elle venait parler de joie et d'espérance à celui que cette découverte condamnait, au contraire, à les perdre à jamais.

Voilà où l'avait conduite son honnête entraînement, son besoin de rendre justice à une femme calomniée. Elle se mordit rudement les lèvres. Que pouvait-elle ajouter, en effet, qui ne fût une aggravation nouvelle? Heureusement que, dans l'état d'esprit où se trouvait Armand, il n'était pas facile d'éveiller en lui des sentiments consolants.

— Je partirai ce soir, conclut-il; j'emporterai, toutefois, le soulagement de vous voir revenue à de miséricordieux sentiments pour la comtesse d'Aringdale; mais n'essayez plus de me retenir : la vie me serait odieuse ici après tant d'émotions diverses.

— Bien obligée! fit-elle plaisamment.

— Pardonnez; j'ai beaucoup souffert aujourd'hui !

— Pauvre enfant! pauvre fou! dit-elle avec une subite tristesse en passant sa main caressante sur le front du jeune homme; je te plains... je te comprends!... et pourtant, si tu savais!... si tu voulais croire ta vieille amie, il y aurait eu encore une part de bonheur pour toi dans ce monde.

— Jamais sans Suzanne ! murmura-t-il.

Elle l'embrassa maternellement et le quitta en songeant que, bien décidément, son protégé était incorrigible et que la Providence mettait une certaine mauvaise volonté à lui venir en aide.

— Vous verrez, grommela-t-elle en arpentant la route, qu'il n'épousera ni Suzanne, ni Jenny, et ne fera jamais que des sottises... Aussi, vit-on jamais pareille aventure? un mari qui n'est ni mort ni vivant !... Et pendant ce temps-là, monsieur Emile Dollins,... le tenace et le patient, vous triomphez !... Il faudra, bon gré malgré, que je voie Votre Rusticité épouser ma petite Jenny.

Comme s'il avait pu saisir au vol ce monologue ntime, Emile Dollins venait au-devant de la tante Danielle le long de la grande route. Le digne garçon commençait à trouver terriblement long le temps d'épreuve que lui imposait l'inexplicable caprice de cette redoutée tante. Aussi prodiguait-il, pour la fléchir, toutes les attentions, toutes les politesses, tous les menus petits soins dévolus aux futurs neveux.

Ce soir encore, apprenant qu'elle était à Che-

nocé, il accourait, le bras arrondi et la bouche
souriante, pour la ramener à Bellevue. D'ordinaire
il était accueilli assez froidement, parfois même
avec dureté; il fut donc tout surpris de constater
un air presqu'adouci sur les traits revêches de la
vieille fille.

Elle accepta son bras — faveur rare ! — s'informa de quelques détails de sa propriété, daigna
sourire; bref, il lui sembla qu'elle désarmait.

Tout joyeux, il osa, après d'infinis préambules,
faire entendre que l'automne touchait à sa fin,
qu'il attendait depuis bien longtemps, et qu'il lui
serait bien doux d'installer son petit ménage avant
la froide saison. Enfin, que si elle voulait...
si elle consentait... si elle daignait lever l'interdit...

— Ta... ta... ta ! je vous vois venir, monsieur
le solliciteur ! fit-elle avec un rire de bon augure;
on arrangera cela, vilain pressé que vous êtes.

Pressé ! lui !... hélas ! s'il l'était, il ne le montrait guère par crainte des rebuffades. Il remercia
avec chaleur et accepta avec béatitude l'invitation

à dîner que lui adressa, sur le seuil, la terrible vieille fille.

Ce fut un joyeux dîner pour le pauvre garçon, qui avait fait part à Jenny de son audace couronnée de succès, et avait reçu de Jenny l'assurance qu'elle verrait avec plaisir la solution de cette grande affaire.

Après le repas, la tante Danielle attira son beau-frère dans l'embrasure d'une fenêtre, et, sans préparation :

— Je me suis trompée, lui dit-elle; j'ai agi comme un étourneau. La comtesse d'Aringdale est la plus honnête petite quakeresse du monde !

— Vous voyez bien ! s'écria le bonhomme très-soulagé; je vous le disais, ma sœur.

— Eh bien ! j'ai eu tort de ne pas vous croire et d'écouter cette venimeuse Harriett. Vous allez m'aider à réparer mon étourderie.

— Oh ! bien volontiers; cette pauvre petite lady!... que faut-il faire ?

— Venir avec moi, ce soir, chez elle, et lui

prouver que notre froideur momentanée n'a pas poussé de racines.

— Très-bien, très-bien. Ainsi ces fantômes? ces personnages?

— Visions pures. Elle est blanche comme une colombe.

— Mille fois tant mieux! quoique je ne m'explique pas bien...

— Il n'est jamais nécessaire de s'expliquer les propos jaloux ou mensongers. Croyez-moi sur parole et venez lui montrer que nous l'aimons cette belle Française *albionnisée*.

Et tout en riant de son néologisme, la tante Danielle cherchait déjà le chapeau à grandes plumes, d'un effet si majestueux quand il encadrait sa folle tête.

Jenny fut charmée d'aller passer la soirée à Chenocé, bien que sa tante lui eût recommandé de ne pas faire d'allusion au coup de tête sans suites que lady Harriett avait commis le matin même à Bellevue.

Emile Dollins était de la partie. On marchait à

pas pressés, la fraîcheur se faisant sentir, à la lueur de la lune qui semblait frissonner dans le ciel clair. Quelle belle soirée pour le plus patient des fiancés! La tante Danielle, appuyée au bras du notaire, le laissa pour la première fois, depuis longtemps, deviser gaiement avec Jenny le long de la route blanche.

Lady Suzanne était dans le grand salon de Chenocé avec le baron d'Exaudrille. Elle parut heureuse de recevoir ses visiteurs, d'autant mieux que le regard expressif de la vieille fille semblait lui promettre toute une soirée de réparations délicates. Un peu souffrante, frémissante encore de l'effort qu'elle avait accompli le matin, elle s'essayait à sourire, et sa douce physionomie s'éclairait d'un sublime reflet de chrétienne résignation.

Pauvre pieuse Suzanne! Que fût-elle devenue dans ses angoisses et ses terreurs si une pensée plus haute ne l'avait soutenue, si une foi entière ne l'avait fortifiée?

Harriett s'était abstenue de descendre, mais, prévenue par Ketty, elle parut un instant après, salua, s'assit et n'ouvrit plus la bouche. Elle avait pris dix ans en une journée. Les révélations terribles du matin avaient creusé un sillon sombre sur ce front hautain et impassible.

Le baron d'Exaudrille secoua de son mieux sa léthargie, afin de résister au sommeil qui l'envahissait chaque soir, et se fit aussi aimable qu'il était possible à son indolente nature de le devenir.

La tante Danielle fut splendide. Afin d'animer une conversation naturellement gênée, elle se lança dans des digressions paradoxales où l'esprit faisait oublier l'absence de la logique. Elle parla de tout et sur tout. Voyages, nationalités, célibat, religion, elle effleura chaque sujet d'une langue alerte et malicieuse,

Son inépuisable verve faisait si bien perdre à ses auditeurs la notion du temps, que la vieille pendule, en sonnant onze heures, les surprit grandement.

—Onze heures! sursauta le notaire; y songez-vous, ma sœur? Onze heures!.. et je dois aller, au point du jour, faire un testament à trois lieues d'ici!

— Eh! votre malade attendra.

— Il est très-clair que s'il était consulté...

— Eh bien! nous voilà, nous partons. J'ai fini mes commérages.

— Les plus charitables, les plus consolants que j'aie encore entendus! dit doucement lady Suzanne avec un bon regard reconnaissant qui caressa le cœur de la vieille fille.

Tandis qu'elle s'encapuchonnait, et que chacun cherchait son manteau ou sa canne, un cri horrible, un de ces cris que la terreur ou la souffrance arrache aux entrailles humaines, retentit tout à coup dans le parc, proche du château.

XX

Drame

Une stupeur générale accueillit cette plainte lugubre. Le baron d'Exaudrille s'éveilla en gémissant d'effroi. Lady Suzanne voulut s'élancer; ses jambes défaillantes ne la soutenant pas, elle s'accrocha à un meuble et écouta.

On n'entendait plus rien.

C'était là, cependant, bien près d'eux que ce cri venait de percer la nuit et le silence.

— Qui donc assassine-t-on ici? dit brusquement Harriett en jetant un indéfinissable regard à sa belle-mère.

Le notaire tout pâle échangea avec la tante Danielle un coup d'œil terrifié. Le cœur de la vieille fille battait comme au bon temps.

Emile Dollins, le premier saisissement passé, ouvrit la fenêtre, sauta lestement dans le parc et disparut.

Jenny se jeta sur les coussins, croisa ses bras sur ses yeux et se mit à prier avec des larmes et des frissons de peur.

En ce moment la porte s'ouvrit avec violence; la tête hérissée de James apparut, blême, à la lueur des flambeaux.

— Mylord!... c'est Mylord!... balbutia-t-il.

— Où? Comment? s'écria lady Suzanne en se redressant comme si un ressort l'eût soulevée.

— Il a demandé à voir *la Reine:* j'ai dû refuser... il est entré en fureur, il m'a poursuivi l'écume aux lèvres... ô mon Dieu! pouvais-je prévoir?... tandis que je verrouillais la porte en dehors, il a réussi, je ne sais comment, à escalader sa fenêtre,... si haute pourtant du côté du parc!... Je l'ai entendu dire à haute voix : « Je vais rejoindre *la Reine.* » Et puis ce cri!... oh! ce cri!... et la chute d'un corps.

Lady Suzanne prit un flambeau et marchant la première :

— Allons! dit-elle d'une voix étranglée.

Tous la suivirent, même le baron qui murmurait en joignant les mains :

— Pauvre petite! pauvre petite!... qu'allons-nous devenir?

Jenny ne s'aperçut pas de leur départ et demeura ensevelie dans ses coussins.

James s'était déjà orienté. La Tour-aux-Lierres avait de hautes fenêtres dont l'une ouvrait sur la cour intérieure, l'autre sur le parc. C'était par celle du parc que le malheureux fou avait dû se précipiter.

Il prit donc un sentier qui longeait le mur du château, à travers des espaliers en ruines et des broussailles piquantes, ce qui lui permit d'arriver au pied de la tour avant Emille Dollins qui errait encore dans l'obscurité.

Le flambeau de lady Suzanne éclaira subitement un poignant spectacle.

Le comte d'Aringdale gisait au bas de la tour; la

tête pâle, aux yeux clos, renversée dans une mare rouge, avait heurté la saillie du mur en contrefort. Le front était ouvert, et, sur l'herbe, le sang s'épanchait par la blessure béante.

Lady Suzanne s'agenouilla près du corps. Harriett prit une des mains inertes. James souleva la tête dont pas un muscle ne tressaillit.

— O Mylord! sanglota le vieux serviteur en le soutenant sur son bras qui tremblait.

Emile Dollins, guidé par la lumière, accourut, heurtant au passage le digne notaire que l'ébahissement suffoquait. Il offrit ses bras robustes pour transporter le blessé, sans prendre le temps de demander qui ce pouvait bien être.

Les trois hommes se réunirent. Harriett prit avec respect la tête de son père, dont le sang inonda ses mains, et le funèbre cortège se mit en route vers le château sans qu'un mot fût échangé.

Lady Suzanne poussa la porte du salon pour y introduire le blessé.

— Non, dit Harriett d'une voix impérieuse; que le comte d'Aringdale soit ramené dans la tour.

— Le comte d'Aringdale! bégaya le notaire en titubant comme un homme ivre.

Un regard éloquent de la tante Danielle lui cloua les lèvres.

— Vous n'y songez pas? dit lady Suzanne.

— Vous oubliez, Milady, que c'est détruire votre œuvre, à la dernière heure, que de le soigner ici.

— Mais il est blessé?

— Il est mourant! prononça nettement la jeune fille.

Il y eut une seconde d'hésitation pénible. L'incroyable sang-froid de la jeune Anglaise dominait cette situation.

Lady Suzanne fit un pas vers le salon.

— Ne songeons qu'au plus pressé, dit-elle.

— Songeons à l'avenir, répondit Harriett avec autorité.

Et, d'un geste, elle désigna à James l'extrémité du vestibule où s'ouvraient les passages intérieurs du château.

James obéit, subjugué par l'ascendant de cette

indomptable nature. Lady Suzanne ne pouvait plus résister; elle était soutenue, à demi défaillante, par le bras ami de Mlle de Laurage.

On gagna la cour intérieure ; on tourna, à travers les débris, dans les couloirs de la vieille tour: on gravit les marches et l'on pénétra enfin dans cette pièce circulaire, servant de cabinet de travail, où lady Harriett, le même jour, avait, pour la première fois, revu son infortuné père.

La chambre à coucher était au bout. Les trois hommes déposèrent sur le lit leur triste fardeau.

— Un médecin, vite!... dit le notaire en essuyant ses mains rougies.

— Un médecin! répéta James avec effroi.

Tous se regardèrent interdits. Pour ceux qui connaissaient le dangereux secret, comme pour ceux qui pressentaient un drame de famille, l'embarras était le même et d'une nature difficile à tourner.

Introduire le médecin de Saint-Onésime — un vieillard père de trois filles majeures et désœuvrées — c'était ébruiter sûrement cette affaire mystérieuse; appeler un docteur d'Auxonne ou de Dijon, c'était courir le même danger et, en plus, perdre un temps précieux.

Pourtant l'humanité avait des droits supérieurs aux objections de la prudence.

— Il faut le sauver! dit lady Suzanne en répondant au regard éperdu de James.

— Et vous allez le perdre, dit Harriett.

— Je ne puis le laisser mourir ainsi.

— Vous préférez le livrer, sans doute?

— Paix, Harriett! je suis sa femme!

— Permettez, Milady : je suis l'héritière de son nom et le meilleur juge de son honneur !

Cet effroyable dialogue, qui révélait aux auditeurs stupéfaits un abîme de douleur et de honte, fut interrompu par Emile Dollins.

Silencieux jusque-là, il écarta doucement le bras de lady Harriett.

— Les campagnards sont toujours un peu médecins, dit-il; voulez-vous me permettre d'examiner le blessé?

Quoique marchant de surprise en surprise, le

16.

jeune homme n'avait rien perdu de son solide bon
sens ni de son calme flegmatique. Encouragé par
un léger signe de lady Harriett, et mieux encore
par le reconnaissant regard de lady Suzanne, il se
pencha sur lord Holygood, tâta la plaie, dont le
sang ne s'échappait plus, palpa les membres
qu'une roideur de mauvais augure envahissait
déjà, desserra les vêtements, toucha le cœur et se
retournant :

— Une glace, demanda-t-il.

James prit un miroir sur la toilette et l'approcha
des lèvres moribondes. Une angoisse inexprimable
étreignait toutes les poitrines. L'épreuve ne réussit
pas d'abord. Emile, aidé de James, essaya, avec
une adresse qu'on n'aurait point attendue de ses
larges mains musculeuses, d'exciter le retour à la
vie dans ce corps immobile. Ses efforts échouaient
sans ralentir ses nouvelles tentatives.

Enfin, il pressa de nouveau le cœur, interrogea
les lèvres, et montra la glace nette et brillante
que nul souffle n'avait ternie, en disant d'un ton
grave :

— Nous ne pouvons plus rien pour lui ; la vie est éteinte !

Lady Suzanne glissa à deux genoux près du lit et cacha sa tête pâle dans les rideaux ensanglantés.

Harriett, debout, leva vers le ciel ses grands yeux indéchiffrables.

— Seigneur ! dit-elle d'une voix solennelle, reçois l'âme du comte d'Aringdale dans ton éternelle miséricorde !.. ô Christ !... sois lui clément !

Après avoir respecté pendant quelques instants, dans un sympathique silence, la douleur si différente de ces deux femmes, la tante Danielle toucha du doigt l'épaule de lady Suzanne, l'aida à se relever et l'attira doucement hors de la chambre en lui assurant que James suffirait pour la funèbre veille.

— James et moi, si Madame le permet, dit Emile Dollins.

— Bien, cela, approuva la vieille fille.

La jeune femme, brisée par l'imprévu et l'horreur de cette catastrophe, se laissait faire avec la

faiblesse et la douceur d'un enfant. Elle ne pleurait pas. On eût dit qu'avec le malheureux être,
auquel elle avait dévoué sa vie, quelque chose était
mort en elle.

Cependant, voyant penchés sur son front des
visages amis, sentant ses mains serrées dans celles
de la tante Danielle, elle revint peu à peu au sentiment net et précis de la réalité. Ce ne fut que
pour être envahie par une terreur nouvelle.

Le notaire avait rejoint Jenny qui se mourait
de peur dans l'immense salon désert. Le baron
d'Exaudrille, emmené par la vieille Ketty, reprenait ses esprits dans un lit douillettement chauffé,
car les événements les plus inattendus n'avaient
pas le pouvoir de faire négliger au bonhomme
l'hygiène indispensable à sa santé.

XXI

Une tombe ignorée

Les heures s'écoulèrent lentes... lentes... Cette nuit d'aventures et d'agonie touchait à sa fin. La première lueur du jour se montra, pâle, entre les lourds rideaux.

Lady Harriett entra d'un pas mesuré et promena ses yeux secs autour d'elle. L'accablement de sa belle-mère lui arracha un imperceptible mouvement d'épaules plein de pitié.

— Allez-vous mieux, Milady? demanda-t-elle en s'approchant de la chaise-longue.

— Mieux, merci. Pardonnez-moi une faiblesse qui m'a empêchée de vous aider... de m'occuper... des préparatifs...

— Soyez en paix ; tout est réglé.

— Vous avez ?...

— La vieille tour, qui a abrité les tristes dernières années de lord Holygood, lui servira de
tombe.

— Mais avez-vous réfléchi que Chenocé ne
nous appartient pas?

— Chenocé m'appartiendra. Pourrais-je mieux
employer la fortune de ma mère? Tombe de
hasard, tombe mystérieuse, la Tour-aux-Lierres
sera une tombe inconnue mais respectée.

— Eh quoi! vous avez déjà songé...

— A tout, vous dis-je. M. Dollins est, du reste,
un ami zélé et industrieux; le dévouement de
James aidant, soyez sans crainte désormais, Milady; ce jour aura vu disparaître le dernier vestige
de la lamentable histoire que vous m'avez contée.

— Dois-je admirer votre sang-froid, lady Harriett, ou m'épouvanter de votre courage?

— Ce sera comme il vous plaira; moi, je suis
pratique. Lord Holygood, comte d'Aringdale est
mort, voici deux ans déjà, à Aringdals'Castle. La
discrétion de nos amis de Bellevue me répond du

silence qui va s'étendre sur la Tour-aux-Lierres, laquelle se fermera tout à l'heure pour toujours.

— Achetez vite Chenocé, dit la tante Danielle.

— Ce sera fait demain, car les jours ont marché, voici le 25 octobre : Je suis majeure, enfin !... enfin !...

Rien ne saurait rendre l'accent de triomphe avec lequel la jeune fille prononça cette parole de délivrance, cet appel à la liberté.

Lady Suzanne reprit de sa voix douce :

— Vous avez sagement raisonné. J'aurais été incapable de prévoir, d'ordonner dans ces affreux moments.

— Je me reconnais une certaine science d'organisation. Que ne m'avez-vous initiée plus tôt à vos secrets? J'étais de taille à vous aider à les rendre supportables.

Lady Suzanne eut un vague sourire qui flottait entre l'amertume et le dédain.

— Laissons le passé, dit-elle, et puissions-nous n'avoir jamais de remords, vous de votre insis-

tance à connaître la vérité, moi de ma tardive
condescendance à vous la révéler; vous, de vos
soupçons cruels, moi de ma résignation épuisée,
de ma patience éteinte. Et pour quel résultat,
hélas!

— Lord Holygood nous jugera. Paix à ses
cendres! répondit lady Harriett avec une hauteur
derrière laquelle perçait l'irritation et peut-être le
mépris.

— Avoir tant travaillé, tant pleuré, tant souffert! et en arriver là! soupira douloureusement la
jeune femme.

La tante Danielle trouva logique d'intervenir
avec la consolante philosophie qui lui était propre.

—Ma chère Madame, tout cela est fort triste,
mais encore plus irréparable. Regrets, reproches,
désespoir, ne vous donneront, ni aux uns, ni aux
autres, un atome de vie, un brin de repentir ou
une miette de soulagement. Le passé doit être
enseveli dans ce manoir sombre, verrouillé derrière ces murailles, muré dans cette tour expia-
toire dont votre piété conjugale avait fait un asile,

dont votre piété filiale, Mademoiselle, va faire un sanctuaire. Il faut quitter Chenocé.

— Oh! oui, oui! s'écrièrent les deux femmes par un même élan spontané.

— J'irai en Amérique, ajouta lady Harriott, la terre de l'indépendance et de la largeur de vues.

— Seule? interrogea Mlle de Laurage.

— Seule. Une fille de mon rang ne redoute ni l'impertinence de ses pareils ni le jugement du vulgaire.

— J'irai en Touraine, dit doucement lady Suzanne; Exaudrille est un gracieux séjour.

— A merveille. Il faut partir le plus tôt possible, entendez-vous?

— Partir!... partir! répéta la pauvre femme en joignant les mains, respirer l'air pur des champs et voir les horizons lointains!... ne plus être étouffée sous l'ombre du parc, ni terrifiée par la menaçante silhouette de la vieille tour!... Oh! oui, partir!... partir!

— Quand vous voudrez, ma chère enfant, dit

17

la voix cassée du baron d'Exaudville, qui venait
d'entrer sans bruit, tout à point pour recueillir le
vœu de la triste captive volontaire.

Il avait dormi quelques heures, il était reposé,
rafraîchi, et venait apporter à sa nièce la consolation de sa présence et de son affection.

Elle se jeta dans ses bras.

La tante Danielle embrassa d'un coup d'œil
satisfait cet enlacement attendri du vieillard et de
la jeune femme, — deux faiblesses qui s'étayaient
mutuellement — et, saluant Harriett avec roideur, elle se retira discrètement.

Le soleil était haut à l'horizon. Le notaire avait
emmené Jenny à Bellevue.

Emile, mis au courant par James des détails
principaux de cette tragique aventure, avait aidé
le vieux serviteur dans l'exécution des funérailles
hâtives de celui qui fut comte d'Aringdale. La funèbre besogne touchait à sa fin, et la Tour-aux-
Lierres, débarrassée de tout le confort qui en avait
fait un lieu habitable, allait redevenir un bâti-
ment désert et nu.

Désert, non, elle gardait le secret d'une tombe sous ses larges dalles entr'ouvertes et rescellées.

La tante Danielle reprit seule le chemin de Saint-Onésime. Du reste, la campagne était sûre à cette heure matinale, et ce fut sans la moindre hésitation qu'elle s'engagea dans la grande avenue.

Elle était sérieuse, la tante Danielle. Quelques-unes des réalités brutalement dramatiques de la vie venaient de lui apparaître, à elle, qui n'avait jamais voulu voir autre chose dans le monde qu'un opéra-comique mêlé d'amour, d'obstacles, de piéges, de brouilles et de réconciliations.

L'image de lady Suzanne sacrifiée, résignée, héroïque, faisait pâlir sa propre image qu'elle avait si fort exaltée dans le secret de ses pensées. Qu'étaient-ce que son dévouement, ses traverses, sa constance envers le baron Rousseau, auprès de l'incessant martyre qu'elle venait d'entrevoir? Son roman lui parut fort décoloré devant ce drame sanglant.

Pour la première fois, peut-être, une pensée vraiment sage germa dans son esprit brouillon.

Un grain de bon sens se fit jour à travers les semences folles de son exaltation chronique.

— Qui sait? se dit-elle ; la paix, la prose, l'absence d'émotions sont peut-être le bonheur?... Jenny a peut-être raison de ne pas désirer mieux... et j'étais imprudente de vouloir tenter le ciel; qu'elle épouse donc son Emile Dollins... il a du bon, ce garçon, après tout, et vient de déployer, cette nuit, une certaine énergie pratique qui ne me déplaît pas.

A ce moment, une ombre s'allongea sur la route. Elle tressaillit; c'était Armand. Défait, comme il convient de l'être, quand on a perdu tout espoir, le jeune homme, en habit de voyage, restait debout sur la lisière du parc et du grand chemin.

— Que faites-vous là, mon cher enfant? s'écria-t-elle, vous m'avez fait une peur!...

— Je ne pouvais pas cependant partir sans revoir... au moins une fois... de loin... les lieux qu'elle habite.

— Ah! oui!... joli séjour, allez... cette nuit surtout!

— Cette nuit?... serait-il arrivé quelque chose à la comtesse d'Aringdale?

— S'il lui est arrivé?... je crois bien... c'est-à-dire, non, s'embrouilla la tante Danielle. Enfin c'est l'aventure la plus bizarre, la plus inouïe!... la plus... Mais, en voilà assez : vous ne m'en ferez pas dire davantage.

— Je vous en conjure!

— J'en ai déjà trop dit. A elle de vous mettre au fait, si bon lui semble, de ses histoires de famille. Je ne puis décemment pas aller sur ses brisées.

— Vous me désespérez.

— Il ne faut pas désespérer, mon enfant, tout au contraire.

— Vous me parlez d'une histoire...

— Histoire peu édifiante au début, sublime dans son développement, tragique dans sa conclusion!

— Dites-la-moi, au nom du ciel! puisqu'elle intéresse Suzanne.

— Vous irez la lui demander quelque jour. Son veuvage ne saurait être éternel.

— Je la reverrai donc?

— Certainement; pas ici, par exemple.

— Vous vous jouez de moi, n'est-ce pas?

— Non pas. Vous irez en Touraine, à Exau-drille, le château du baron; quelque chose me dit que vous y serez le bien-venu; qu'elle n'aura plus ses étranges terreurs à votre vue, ni ses inexplicables refus quand vous lui redemanderez sa main.

— Mais quand cela?

— Ah! pas encore. Ces jeunes gens ne savent pas attendre!... Mon cher ami, le baron Rous-seau m'a attendue quinze ans.

— Que Dieu me protége! tantôt vous me versez le désespoir, et tantôt l'illusion nouvelle; que dois-je croire?

— Moi, toujours moi.

— Ainsi l'obstacle inconnu?...

— Supprimé... anéanti... enterré...

— Mon excellente amie! ma Providence! c'est sûrement à vous que je devrai mon bonheur re-trouvé.

— Non, fit-elle loyalement ; je n'ai pas aidé à votre bonheur, du tout, du tout. Dieu s'est chargé de la besogne à faire, besogne trop rude pour moi.

Le tableau de cette nuit de sang passa devant ses yeux : elle eut un frisson. Ils étaient arrivés devant la grille de Bellevue.

— Allons ! dit-elle en se secouant tout entière comme pour chasser une vision pénible ; tout cela nous fera bientôt l'effet d'un cauchemar. Embrassez-moi, cher enfant, et partez. Saint-Onésime et surtout Chenocé vous sont interdits pour une année entière. Venez bientôt me revoir à Paris. Peut-être alors me comprendrez-vous.

Une exclamation de joie retentit derrière elle, dans le massif. Pierre, le fidèle cocher, grattait ce coin de jardin pour se créer une occupation.

— A Paris !... j'ai bien entendu : à Paris ! répéta-t-il, incapable de se contenir davantage, en montrant à travers la grille sa bonne figure hilare.

La tante Danielle était en veine d'indulgence. L'extase du brave garçon la fit rire de bon cœur.

— Oui, Pierre, j'ai dit : à Paris, fit-elle en en-
trant dans le jardin du notaire.

— Ainsi le devoir de Mademoiselle est terminé?

— A peu près. Dans huit jours, Mlle Jenny
épousera M. Dollins, et, dans quinze, nous serons
réinstallés au boulevard des Invalides.

— O Mademoiselle! Mademoiselle! cria le pauvre homme avec ravissement, quel bonheur me
cause Mademoiselle!... Je ne voudrais blesser
personne,... on est certainement très-bien ici,...
le pays est bien riant ; mais je me permettrai de
faire observer à Mademoiselle qu'il n'y a pas de
Bourgogne, pour si jolie qu'elle soit, qui vaille,
à elle tout entière, un petit coin de notre vieux
Paris.

ÉPILOGUE.

Exaudrille est un petit castel imitation Louis XIII,
riant dans son cadre de prairies vertes et de ruis-
seaux bavards. L'ombre y est discrète; les fleurs
y croissent splendides à ce beau soleil de la Touraine, « le plus doux de France, » dit un proverbe
local.

La quantité de pigeons qui volètent autour de
ses poivrières est inimaginable ; la liberté dont
ils jouissent est illimitée, leur familiarité charmante ; la beauté de leur race est réputée dans
tout le pays. Ce doit être le paradis des pigeons.

C'est aussi celui des enfants. Sur la pelouse qui,
du château, descend en pente harmonieuse vers

une rivière minuscule, deux belles fillettes de trois à quatre ans poursuivaient de leurs cris joyeux un énorme terre-neuve, qui se prêtait docilement à leurs caprices, tandis qu'un adorable bébé, tout bouclé, tout blond, appétissant comme une cerise mûre, travaillait avec conscience à remplir de terre sa belle robe blanche.

Une jeune femme, toute fière de les voir si beaux, surveillait les chers petits, en piquant son aiguille distraite dans une tapisserie aux mille couleurs. Près d'elle, dans un grand fauteuil à bascule, un vieillard dormait à l'abri du *Constitutionnel* déployé, qui lui servait à la fois d'excuse et de rempart.

Une femme âgée, dont les blancs cheveux encadraient le frais visage, tricotait une brassière enfantine, dont les dimensions microscopiques faisaient rêver d'un petit ange à venir. Malgré les irrévérencieuses atteintes de cinq années écoulées, ce front large et ces bons grands yeux gris laissaient reconnaître bien vite la tante Danielle; mais la tante Danielle devenue presque sage et incontes-

tablement meilleure, la tante Danielle enfin avec
le romanesque en moins et quelque peu de jugement en plus.

Moins facilement pouvait-on reconnaître Jenny,
tant la paix du foyer et la maternité avaient dé-
veloppé sa jeunesse robuste et sa beauté plantu-
reuse. Le baron d'Exaudrille, le dormeur, avait
beaucoup vieilli ; mais il était le seul à ne pas s'en
douter : on le lui cachait si bien.

Du fond d'une allée sortait, en ce moment, un
couple souriant qui vint rejoindre le groupe de la
pelouse. C'é' 't Suzanne appuyée sur Armand.
Armand rayonnait. Suzanne... mais quelle est
donc la puissance de ce magicien qu'on nomme le
bonheur? Le portrait de Suzanne pouvait se faire
en un mot : elle était heureuse.

Armand avait tendu les bras au beau bébé
blond, qui accourait vers lui de toute la vitesse de
ses petites jambes trébuchantes...

Suzanne tenait deux lettres, l'une ouverte,
l'autre encore cachetée.

— Le courrier de Saint-Onésime, Jenny, dit-elle en présentant cette dernière à la jeune femme qui avança vivement la main.

— Ce pauvre Emile ! fit-elle en la parcourant, il s'ennuie.

— Comme je comprends ça ! chuchota Armand en dévorant le bébé.

— Et il te rappelle ? interrogea la tante Danielle en déposant son tricot.

— Que ne vient-il vous chercher lui-même ? dit Suzanne.

— Il ne peut abandonner ses travaux agricoles en cette saison.

— Oui, oui, grommela Mlle de Laurage ; on sait que c'est un grand agriculteur devant Dieu et devant les hommes.

— Voici quinze jours qu'il est seul. Je ne puis le priver plus longtemps de ses deux fillettes, se défendit Jenny.

— Et puis ma chère Jenny, après deux bonnes semaines données à ses amis, n'est pas fâchée de retrouver son petit ménage — une merveille

d'ordre — et son mari — un modèle de mari —
n'est-ce pas vrai, mon enfant?

— Emile est si bon! dit simplement M⁰ᵉ Dollins avec une conviction profonde.

— Et moi aussi j'ai une lettre! reprit Mᵐᵉ de
Torisan en la montrant d'un air provocant qui devait amener une question directe.

— De qui donc? demanda le baron en sortant
de son sommeil et de son journal.

— De lady Harriett.

Ce ne fut qu'un cri de curiosité :

« Où est-elle? Que fait-elle? Reviendrait-
elle? »

Lady Suzanne lut en souriant:

« En réponse bien tardive à votre lettre qui me
« fait part de la naissance de votre petit Armand,
« Milady — pardonnez-moi, je ne puis m'habi-
« tuer à vous donner le nom français que vous
« avez revêtu, voici trois ans bientôt — je vous
« envoie mes félicitations des bords du Lac salé,
« de la capitale des Mormons, une étrange ville
« où les femmes acceptent de gaieté de cœur de

« partager, entre trois ou quatre, le cœur et la
« maison d'un unique époux.

« Ce serait parfaitement odieux si ce n'était si
« ridicule. Le plus bizarre, c'est qu'elles n'ont pas
« l'air de comprendre l'abomination de cette
« existence, que leur secte religieuse ordonne et
« exalte.

« Utah est la première ville américaine où je
« ne périsse pas d'ennui et d'écœurement. Depuis
« que je vous ai quittée, vous en souvenez-vous,
« Milady? — comme c'est loin déjà ! et l'on parle
« des ailes du temps ! il faut parler plutôt de la lo-
« comotive éternelle qui l'entraîne à toute vapeur
« — depuis cette époque, j'ai beaucoup vu et n'ai
« trouvé que dégoûts et désillusion sur ma route.

« Il faut ici de l'argent, de l'argent et toujours de
« l'argent. Ni beauté, ni noblesse n'intéressent ces
« êtres de fer et de chiffres qu'on nomme les Amé-
« ricains. Je les hais. Au Lac salé, j'étudie et je
« m'amuse. Peut-être y resterai-je quelque temps.

« Je trouve piquant de donner à une population,
« assez démoralisée pour ériger la polygamie en

« principe, le spectacle d'une femme jeune, indé-
« pendante, qui veut rester libre en face de cet
« esclavage.

« Elles me considèrent, ces pauvres Mor-
« monnes, comme un phénomène, et moi je le
« leur rends bien.

« Ne m'écrivez toutefois pas à Utah, peut-être
« en serais-je déjà bien loin ; qui peut savoir où
« me portera le courant de mes recherches sans
« résultat de la vraie liberté, de la liberté que je
« rêve ?

« Lord Balmers vient de m'adresser un de ses
« protégés, un Irlandais, qui cherche la fortune au
« bord du Lac salé. C'est un noble, qui a fui sa
« patrie affamée et étouffée, comme j'ai fui, moi,
« ma patrie implacable. Nous nous entendons
« assez bien, étant tous deux fort las des injus-
« tices, des crimes et des sottises de ce monde. Il
« regarde les Mormons du même œil que j'ai pour
« les Mormonnes. Il s'est cru d'assez bonne
« maison pour demander ma main.

« Si j'étais capable d'une folie, ce serait d'ap-

« prendre à ce peuple étourdissant ce que c'est
« qu'un ménage européen, honnête, où l'on croit
« en Dieu et où l'on méprise la polygamie. Mais
« vous savez, Milady, pour me l'avoir dit souvent,
« que je suis trop froide et trop fière pour jamais
« faire de folie. »

— Cela veut dire qu'elle la fera, interrompit
Armand.

— Si elle n'est déjà faite, conclut la tante
Danielle en reprenant son tricot.

FIN.

TABLE

—

LE CRIME DE MALTAVERNE

par Charles BUET

Un magnifique volume in-12. — Prix, franco, 3 fr.

L'auteur de ce livre que je n'hésite pas à placer au premier rang parmi les meilleures publications du même genre, a déjà publié dix ou douze romans historiques d'une valeur incontestée et qui ont obtenu un véritable succès. Mais jamais il ne s'est élevé à une telle hauteur de pensée, jamais il n'a écrit avec plus de charme, plus de science de la langue, et le *Crime de Maltaverne* place définitivement M. Charles Buet parmi les plus brillants écrivains de la presse catholique.

Ce qu'il y a de remarquable dans son talent, si fin et si complet, c'est qu'il est tout à fait original, qu'il a son cachet particulier, son procédé personnel (puisque l'expression est à la mode) et qu'il n'imite aucun auteur, pas plus qu'il ne peut être imité. C'est encore le bonheur de l'expression, toujours juste, toujours mesurée ; l'art si difficile de la mise en scène ; la souplesse, le coloris du style, enfin l'habileté du dialogue, toujours serré, vivant, piquant.

Aussi la nouvelle œuvre de notre sympathique confrère a-t-elle obtenu un très-grand succès dans le Foyer où elle a été d'abord publiée ; aussi peut-on lui prédire un succès plus grand encore, aujourd'hui que l'éditeur en a fait un volume coquet, à grandes marges, sur beau papier.

Le *Crime de Maltaverne* a une donnée très-simple : un libertin ruiné s'introduit une nuit dans la maison habitée par le marquis d'Esnandes, gentilhomme de haut parage, appauvri par la politique ; cet homme, qui se fait appeler Chartier, assassine le marquis ; la marquise meurt d'épouvante et de douleur à côté du cadavre de son époux ; un pauvre diable qui se trouve là est arrêté, puis condamné aux galères, comme complice. Vingt-cinq ans plus tard, un banquier archi-millionnaire, M. Ramsay, rencontre, en retournant dans l'Inde, sa patrie d'adoption, un jeune missionnaire, le père Cyprien, pour lequel il se prend d'une belle amitié. Le jeune prêtre sauve la vie au banquier, qui l'arrache à son tour aux griffes d'un tigre. Or, ce Ramsay a une fille, charmante fleur éclose au brûlant soleil de l'Inde, et le père Cyprien a un cousin, officier de marine, qui rêve d'épouser Marthe Ramsay. Le nabab, catholique par la foi, ne l'est point par les œuvres. Depuis vingt-cinq ans, il attend l'occasion de confesser des fautes qui l'accablent, qui l'ont rendu un misanthrope rêveur et sentencieux. Il va ouvrir son âme au père Cyprien, lorsqu'il apprend que celui-ci est, de son vrai nom, Patrice d'Esnandes, fils de ce marquis assassiné par Chartier. Or, Chartier et Ramsay ne sont qu'une seule et même personne. Le banquier renonce tristement à décharger sa conscience aux pieds de l'enfant de ses victimes. Soudain, et par une péripétie qui se lie ingénieusement au récit, l'Anglo-Indien est empoisonné. Il va mourir : expirera-t-il sans avoir fait l'aveu de son crime? Il croit que le père Cyprien a surpris son secret; il ose croire même que c'est le missionnaire qui, pour se venger, a versé le poison. N'importe! il se confessera à lui, quoi qu'il arrive. Il fait donc appeler celui qu'il nomme son ami, et lui révèle son passé dans toute son horreur. Le prêtre, interdit, épouvanté, en proie à une angoisse que l'on conçoit aisément, s'efforce néanmoins de rester impassible. Il recueille ces aveux émouvants, il parle de restitution, de réhabilitation pour l'innocent, condamné à la place du vrai coupable, et enfin il absout, comme ministre de Dieu, le meurtrier de son père et de sa mère. Mais Ramsay exige davantage : il veut le pardon du fils de ses victimes, le pardon de l'homme accordé à l'homme. Le prêtre refuse de comprendre la distinction que son pénitent veut établir. «Il n'y a ici, dit-il, ni meurtrier ni victime : il y a un pénitent et un confesseur : le prêtre ne saurait accorder un pardon dont il n'est que le ministre : il absout au nom de Dieu. Vous avez reçu l'absolution, je ne puis rien de plus. »

Il s'enfuit alors de cette maison funeste où il a reçu une hospitalité qui lui pèse désormais, comme si elle était le prix du sang de sa famille. Mais a-t-il le droit de fuir? Fuir, c'est avouer que son hôte est indigne de lui, car on sait qu'il l'a confessé, et manifester publiquement le mépris, le juste courroux, qu'il ressent contre son pénitent, c'est révéler le secret de la confession. Il est nuit. Le prêtre est perdu dans les bois. Tout à coup un homme se montre à lui, c'est un brahmane devenu pariah, et qu'il a assisté au chevet d'agonie de son enfant. Le pariah connaît un remède au poison administré à Ramsay ; mais ce remède, il faut l'aller chercher au sommet des montagnes, en s'exposant à mille périls, et il est presque certain que si le prêtre se joint à son protégé pour cette expédition aventureuse, l'un des deux ne reviendra pas vivant. « Partons ! » dit le prêtre. Ce dévouement sublime est récompensé. Le missionnaire et son guide reviennent sains et saufs. Celui-ci offre à Ramsay le breuvage salutaire. Cette fois, Ramsay hésite : il est sûr que son secret est connu de l'abbé d'Esmandes ; ce remède n'est-il pas le véritable poison ? Il boit, cependant, et il guérit.

Mais alors, nouvel obstacle. Le cousin du prêtre aime Marthe et la demande en mariage. Le père ne peut consentir à cette union qui mêlerait au sang des victimes le sang de l'assassin. Que faire ? Georges réunit tous les avantages d'un chrétien ; Marthe est le modèle des jeunes filles. Le refus mal motivé du père irrite le jeune fiancé, qui s'emporte et menace. Alors Ramsay éperdu, espérant avoir trouvé un moyen de tout concilier, déclare qu'il permettra à sa fille d'épouser sir Georges, si le père Cyprien veut bien y consentir.

Le prêtre est désespéré. S'il consent, c'est l'impunité assurée au meurtrier, c'est une profanation, c'est engager l'avenir de son cousin, c'est préparer à lui et à son épouse innocente, elle, un avenir déplorable. S'il refuse on cherchera les motifs de son refus, et il s'exposera à voir trahi, dévoilé, ce secret de la confession qu'il doit garder au péril même de sa vie, bien plus, de son honneur ! Que fait-il? Il consent.

Cette magnanimité ébranle Ramsay ; dès qu'il se trouve seul avec l'abbé, il tombe à ses pieds, il avoue son crime, non plus comme pénitent, mais comme homme, et il implore son pardon. Le prêtre ne cède point à un premier mouvement ; il est un être humain, et il a les faiblesses humaines. Il délibère, et quand il pardonne, c'est en pleine connaissance de cause.

Telle est l'analyse succincte de ce roman, duquel je ne veux pas dire le dénouement qui est, certes, le meilleur que j'aie lu, car il satisfait à la fois la vérité, l'enchaînement des choses humaines, la logique, la pitié qu'on ressent pour le criminel repentant, l'esprit de justice qui veut l'expiation même en ce monde.

Ce sujet d'un si puissant intérêt, M. Charles Buet l'a traité avec une incomparable habileté. Le plus bel éloge qu'on puisse faire du récit, c'est que d'un bout à l'autre il est réel, *humain*, vrai.

Les caractères sont tracés d'un seul jet, avec une

sûreté de main, une profondeur d'analyse, qui se soutiennent jusqu'au bout ; aucun ne se dément ; ils sont tous observés dans les moindres nuances, avec leurs défaillances nécessaires, leurs élans sublimes, leur grandeur latente.

Ramsay est bien l'homme du repentir dévoré par un remords incessant, plein de foi et cependant parfois désespéré, plein d'ardeur, emporté dans le bien comme dans le mal.

Patrice d'Esmandes (le père Cyprien) est la personnification idéale de la charité ; ce type restera toujours un modèle ; il est peint dans la perfection.

Les personnages accessoires, Georges Dowling, Marthe, le vieux rajah de Sambelpour, le major Langley, le pasteur Atkinson et sa femme Dolly — les deux comiques du drame — le pariah Ramsay et le parsis Algeé-Mirza, sont tous décrits avec le même talent et le même bonheur.

Les différentes scènes sont peintes avec un grand éclat ; celle du meurtre est d'un puissant effet dramatique ; celle du poison est effrayante ; le départ du prêtre pour le lieu où croit l'antidote du poison qui tue Ramsay, donne le frisson ; la confession, le pardon, arrachent des larmes aux yeux les plus rebelles.

La scène où le major Langley et Georges découvrent que l'empoisonneur est Algee-Mirza et le démasquent, rappelle le dialogue étincelant d'esprit, l'ironie fine, le style nerveux de Méry. *Une nuit dans le désert* est un chapitre plein de poésie.

Les descriptions sont d'une fidélité singulière,

d'une fraicheur de coloris, d'une largeur d'expression dont on ne saurait donner l'idée. L'Inde, avec ses merveilleuses végétations, ses horizons splendides, ses costumes superbes, ses types si variés, nous apparaît telle qu'elle est, à la fois belle et terrible : c'est le poison dans la fleur, le tigre dans la forêt magnifique, le suaire, sous l'or et les broderies du prince. On ne peut décrire plus exactement et avec plus de charmes. Chacun de ces tableaux est une page de poésie.

Mais j'ai presque mauvaise grâce à multiplier les éloges, à la place même où l'on a bien voulu en décerner, et de moins mérités, à mes modestes écrits. On m'accusera d'exagération, parce que je dis franchement ce que je pense d'un beau livre. Je repondrai, comme le Romain : « *Tolle, lege et judica.* » Je suis persuadé que tous ceux qui liront le *Crime de Mallaverne*, comme tous ceux qui l'ont lu, diront avec moi que, si ce n'est pas là un chef-d'œuvre, c'est du moins une des œuvres les plus complètes au point de vue littéraire, les plus saines au point de vue moral, les plus belles enfin qui soient sorties des librairies catholiques. Ce livre fait aimer le prêtre, fait chérir le pardon, fait naître le repentir; il exalte tous les nobles sentiments, il définit et met d'accord, au plus haut degré, la justice et la miséricorde.

CHARLES DUBOIS.

RECUEIL DRAMATIQUE

A L'USAGE
DES RÉUNIONS DE JEUNES GENS, MAISONS D'ÉDUCATION,
CERCLES CATHOLIQUES,
ASSOCIATIONS, PATRONAGES

par A. de CHAUVIGNÉ

Un volume in-12 de xxviii-366 p. — Prix : 3 fr. 50.

Voici un livre qui, depuis fort longtemps, était réclamé de tous côtés et qui manquait absolument, car il n'existe aucun recueil du même genre qui soit plus complet et plus parfait. Le théâtre moral, le théâtre pour la jeunesse, ne possède pas un répertoire bien varié, bien étendu, et pour n'être pas rebuté par les difficultés de toutes sortes qu'il présente, il faut être à la fois un homme de grand cœur et un écrivain d'esprit. En effet, remuer la foule, passionner la multitude, trouver des situations palpitantes d'intérêt, un point de départ et un dénouement rapides, dramatiques, bien étudiés, sans mettre en jeu les mauvais instincts et les passions vives; émouvoir sans épouvanter, exciter le rire sans être trivial, amuser sans étourdir, moraliser en amusant, tel est le programme difficile que doit suivre l'auteur de pièces destinées à être représentées par des acteurs novices devant un public très-impressionnable, très-enthousiaste, et — il faut l'avouer — très-exigeant.

Or, ces difficultés, M. A. de Chauvigné a su les vaincre, et ce programme, il l'a réalisé de point en point. Son recueil est composé de sept pièces, comédies en un ou deux actes, la *Saint-Augustin*; les *Suites d'une faute*; l'*Equipée*; *Devant l'ennemi*; la *Dernière lettre*; les *Deux Robinsons du château noir* et la *Fête du directeur*. On conçoit qu'il nous soit impossible de donner ici une analyse, même sommaire, de sept comédies. Elles ont d'ailleurs toutes, mais à des degrés différents, les mêmes qualités.

Elles sont d'abord très-littéraires : le style est clair, limpide, étincelant de verve et d'esprit; le ton est celui de la meilleure compagnie, et les *Robinsons*, par exemple, peuvent être joués aussi bien dans le salon d'apparat d'un château ducal, que dans la salle de récréation d'un collège; elles renferment chacune une leçon frappante, qui se déduit facilement, qui découle de l'action même, sans que les acteurs aient à prodiguer des phrases filandreuses, des sentences austères.

Le comique est de bon aloi : c'est d'un bout à l'autre un rire franc, naturel, un rire joyeux, car on rit souvent par complaisance, et ce n'est pas cette gaieté-là que communique le sel attique dont est saupoudrée l'œuvre de M. de Chauvigné. L'*Equipée* est un vaudeville que ne désavouerait pas un maître du genre; le quiproquo y atteint des proportions épiques; les caractères y sont dessinés tout ainsi qu'en un drame en cinq actes. Les couplets ne sont pas fabriqués à la mécanique et la *chanson des meubles* deviendra certainement populaire.

Quels types charmants dans la comédie *Devant l'ennemi*; l'intrépide Poiret, poltron héroïque sera le rôle demandé par le *boute-en-train* du collège, comme par le volontaire d'un an en congé, le *pipo* en vacances ou le gommeux en visite. Et quelle grave leçon, donnée en souriant, comme on y voit que le vrai courage n'est pas la vertu des seuls zouaves « chapardeurs! »

En publiant ce *recueil dramatique*, M. de Chauvigné a rendu un service inappréciable aux associations de jeunes gens, aux cercles, aux patronages, aux maisons d'éducation. On ne saurait trouver mieux, assurément, que ces comédies irréprochables par le fond, et parfaites par la forme, d'une verve vraiment gauloise, animées d'un sincère sentiment religieux, et qui (pour examiner le côté pratique du sujet) sont extrêmement faciles à monter. Point de décors ruineux, de costumes excentriques, de mise en scène impraticable; on pourrait les jouer entre deux paravents. Les rôles sont bien distribués, de façon à ne pas exciter de rivalités d'amour-propre, courts, parsemés de mots vifs, de fines reparties. L'action s'engage sans tarder, s'embrouille, se débrouille, se dénoue sans embarras, sans fatigue pour l'acteur non plus que pour les spectateurs. Nul jusqu'ici n'a compris aussi bien que M. de Chauvigné le théâtre des jeunes gens.

D'excellents conseils aux répétiteurs et aux acteurs précèdent le volume, en guise de préface, et

R.

l'auteur s'y montre ce qu'il est en réalité, un ami de la jeunesse qui s'est donné la mission de l'instruire, de l'éclairer, de lui donner enfin, avec le goût du beau et du bien, une récréation où l'esprit s'accoutume, en se délassant, aux idées élevées, aux sacrifices, aux nobles dévouements. Le succès est sa récompense. Il a réussi et son œuvre est bonne.

Au mois d'août prochain, dans cent collèges, son nom sera proclamé à la fin de la pièce qui embellit la distribution des prix, et d'ici là il retentira dans les nombreux cercles de jeunes gens où déjà il est connu par ses charmantes causeries, sa bienveillance et son inépuisable dévouement.

Le volume est édité avec un soin qui est presque du luxe ; l'impression, le papier, la correction ne laissent rien à désirer, et ce livre élégant fera l'ornement de plus d'une bibliothèque. Tout concourt donc à faire du *Recueil dramatique* de M. A. de Chauvigné, une œuvre d'un mérite spécial et d'une haute portée, d'une grande utilité, et qui est appelée à un succès considérable. (*Le Foyer.*)

Saint-Quentin. — Imprimerie Jules Moreau.